für
(wie es in ›the middle‹ heißt)
den Kern

Mutter – Bruder – Schwester – Vater

und ich bleibe
das sonderbare Nesthäkchen

HIKARU GREYSON

777 TODSÜNDEN

© 2020 Hikaru Greyson

Autor:	Hikaru Greyson	(hikarugreyson.at)
Titelbild/stock:	faestock	(jessicatruscott.com)
Verlag und Druck:	tredition GmbH	(tredition.de)
	Halenreie 40-44, 22359 Hamburg	

ISBN 978-3-347-01939-3 (Paperback)
ISBN 978-3-347-01940-9 (Hardcover)
ISBN 978-3-347-01941-6 (e-Book)

Für die Erstellung dieses Werkes erforderliche Programmlizenzen (Textverarbeitung, Bildgestaltung, etc.) wurden entweder rechtlich erworben oder gelten als frei. Für die Inhalte der angegebenen Websites wird keine Haftung übernommen beziehungsweise für die Verfügbarkeit derselbigen wird keine Garantie übernommen.

777 TODSÜNDEN

Sün·de

Substantiv, f

1) Durchführung einer Handlung mit überwiegend negativer Auswirkung, meist wider besseres Wissen; ursprünglich Übertretung eines religiösen Gebotes/Verbotes

2) Zustand, der durch eine solche Durchführung auftritt

Tod·sün·de

Substantiv, f

1) besonders schwerwiegende Sünde

Damit eine Sünde als schwerwiegend zu beurteilen ist, müssen drei Voraussetzungen gegeben sein. Es muss sich zuallererst um einen gravierenden Verstoß, etwa gegen Gebote, handeln. Weiters muss der Sünder die Auswirkung bereits im Vorfeld erkennen. Zudem muss die Sünde mit voller Absicht begangen werden.

Die in der Umgangssprache bekannten *sieben Todsünden* existieren nicht. Was in der modernen Kultur oft als Todsünde dargestellt wird, sind die sogenannten sieben Hauptlaster, die Wurzeln aller Sünden.

Das Buch war aufgeschlagen worden. All die schwarzen Lettern auf dem weißen Papier waren bereit, ihr Schicksal zu erfahren. Von einem Leser gemustert zu werden, kombiniert, zu Worten, ganzen Sätzen, Absatz für Absatz, von Anfang bis Ende – ein Meisterwerk in monochrom.

Leider konnte sich Lance nicht auf das Buch konzentrieren. Mit beiden Händen fuhr er sich durch das Gesicht; wohl wissend, dass die Zeit gekommen war. Müde hob er den Kopf und blickte auf den Bildschirm, der das spärlich eingerichtete Zimmer in kaltes Licht tauchte.

00:00:00

Es war also soweit. Lance wusste nicht genau, was geschehen würde. Aber es war offensichtlich, dass *es* ungeheuerlich war. Dass es dieses verschlafene Städtchen wie einen Faustschlag in das Gesicht treffen würde. Es würde nicht nur oberflächliche Verletzungen geben. Auch tiefgreifende Wunden würden zurückbleiben. Wahrscheinlich würde die Wucht dieses brutalen Angriffs sogar zum Tod führen.

Achtlos warf Lance das Buch beiseite. Neben ihm stand Colin, das Gesicht wie immer ausdruckslos.

»Angst.«

»Hm?«, machte Lance leise. Er war die monotone (fast hätte man sagen können; tote) Stimme Colins gewohnt, doch in dieser Nacht verursachte sie ihm Gänsehaut.

»Du hast Angst, das kann ich ganz deutlich spüren.«

»Vielleicht«, murmelte Lance und trommelte mit den Fingern auf den Tisch.

Was wohl geschehen würde?

PROTOKOLL – SIN 01

›Sehr verehrte Damen und Herren aus aller Welt! Vielen Dank, dass Sie sich eingefunden haben, um *Zeugen dieses Wunders* zu werden – dieses Meilensteins, der unser System gravierend verändern könnte. Ich hoffe, Ihnen sind alle Einzelheiten bekannt. Für etwaige Unwissende werde ich die wichtigsten Informationen noch einmal zusammenfassen. Dieses vielversprechende Projekt wurde von meinem kürzlich verstorbenen Vater geleitet. Da seine Forschungsleiterin, die geschätzte Professor Kim, vor seinem Tod spurlos verschwunden ist, habe ich bereits mit einem Verlust gerechnet. Doch dank der Hilfe unseres Gönners, Herrn R F Deaper, habe ich es geschafft, etliche Forschungsdaten sichern zu können. Ohne diese drei brillanten Menschen wäre ich heute nicht in der Lage, Ihnen dieses unglaubliche Meisterwerk vorzustellen. Nun, fein. In dieser Konferenz werde ich Ihnen zeigen, welche Ergebnisse die Forschung *Codename Sin* hervorgebracht hat. Sieben verschiedene Substanzen, welche das menschliche Gehirn so beeinflussen, dass bestimmte Verhaltensmuster unterdrückt oder aber ausgelöst werden. Sie alle haben Ihr Interesse bekundet. Sie alle sind neugierig, ich weiß. Keine einzige Sekunde länger sollen Sie warten. Wir beginnen nun unverzüglich mit der Demonstration des ersten von insgesamt sieben *SIN*.

Kommen wir zu einer wichtigen Frage. Haben Sie schon einmal *Eifersucht* empfunden? Als Kind haben Sie das bestimmt. Denn was schürt schon mehr Missgunst, als das Lieblingsspielzeug – eventuell in Form einer hübschen

Miniatur-Eisenbahn mit hölzernem Schienensystem – in den Händen eines anderen Kindes zu sehen? Zu dieser Zeit ist Ihr logisches Denken kaum entwickelt gewesen, und von Selbstbeherrschung kann keine Rede sein. Ihnen ist nicht viel übrig geblieben, als sich in eine Ecke zu setzen und Ihr ach so schlimmes Schicksal zu beklagen, fürchterlich zu weinen also. Oder aber Sie haben dem anderen Kind die Lokomotive voller Wucht aus den (mit Rotz überzogenen oder mit Schokolade verschmierten) Stummelfingern geschlagen.

Und später dann? Versetzt es nicht einen Stich, wenn man die Jugendliebe in den Armen einer anderen Person sieht? Wenn die Freundin auf die Frage antwortet, welchen Schauspieler sie zu einem Date ausführen würde? Wenn der Freund die Hypothese aufstellt, wie es wohl mit einer bestimmten Sängerin im Bett zu landen wäre? Hat es Sie nicht neidisch gemacht, wenn Sie andere Menschen beobachtet haben und der absurde Gedanke aufgekommen ist, dass es diese stets ein klein wenig besser haben? Aber der Rasen auf der anderen Seite des Zaunes ist niemals grüner, bloß anders. Sie können eben nicht alles haben; leider immer nur ein Stück des Kuchens.

Falls Sie in einer Partnerschaft sind, welche schon seit Jahren Bestand hat und der Kleinigkeiten nichts anhaben können, fühlen Sie sich vielleicht sicher. Aber ist es dann nicht Eifersucht, die aufbegehrt, wenn sich Ihr Partner wieder einmal lieber dem Computer oder dem Handy widmet? Sollten nicht *Sie* im Mittelpunkt stehen? Sollten Sie denn nicht um Aufmerksamkeit *kämpfen*? Für das Gefühl, *wertgeschätzt* zu werden? Oh, was ist der Mensch doch für ein Tier. Und mit dieser Erkenntnis wenden wir uns unseren ersten Versuchstieren zu. Ich habe in unserem Zielgebiet sowohl in einigen Wohngebäuden als auch in bestimmten Begegnungszonen etliche Kameras und Mikrophone installiert. Oh, begreifen Sie, was geschieht, wenn Menschen zur wahrhaftigen Sünde werden.‹

MacArthur drehte seinen Kopf und blickte seine Frau an. Sie lag neben ihm im Bett und las einen kitschigen Liebesroman mit halbnackten Gestalten auf dem Cover, während er selbst die Sportnachrichten überflogen hatte. ~~In diesem Halbdunkel wirkte ihr Profil verstörend. Eigentlich fand er sie gar nicht hübsch. Hatte er noch nie, wenn er so darüber nachdachte. Und doch war er all die Jahre an ihrer Seite geblieben. Vielleicht aus Bequemlichkeit, aber was machte das schon für einen Unterschied.~~
Mit einiger Anstrengung strampelte sich MacArthur aus seiner Schlabberhose. Dann griff er nach seiner Brille und zog sie von seiner Nase, um sie anschließend zusammenzuklappen und auf dem Nachttisch zu positionieren.
»Schön«, säuselte MacArthurs Frau und schlug ihr Buch zu. ~~Hatte sie schon wieder eines ausgelesen? Jetzt waren es schon an die zweihundert Exemplare, die das Regal im Flur füllten. Und jeder Roman bestand im Grunde aus derselben langweiligen Geschichte, nicht schlechter und auch nicht besser als die davor. Irgendeine arme Bauerntochter, die sich in einen Edelmann verliebte. Irgendeine reiche Fürstentochter, die sich in einen Freibeuter verliebte. Liebe entgegen aller Widrigkeiten jedenfalls. Am Ende gab es immer ein Happy End. Wie nervtötend!~~

Und schon begann seine Frau, MacArthur die Geschichte zu erzählen. ~~Jedes Mal, wenn sie ein Buch zu Ende gelesen hatte, erläuterte sie ihm in groben Zügen die Handlung. Als ob es ihn je interessiert hätte. Doch an diesem Tag war es anders. An manchen Stellen horchte er auf. Noch nie zuvor war ihm aufgefallen, mit welchem Unterton seine Frau von den männlichen Protagonisten sprach. Oder war es nur heute so? Als würde sie ihn vergöttern. Eine Romanfigur. Nichts weiter!~~

~~Während seine Frau also erzählte, verlor sich MacArthur in einem Strudel aus merkwürdigen Empfindungen. Wie sie von den Abenteuern sprach, und von der überwältigenden Liebe zwischen den Hauptcharakteren.~~ Sehnsucht schwang in ihrer Stimme mit. ~~Sehnsucht nach etwas, das niemals Realität werden würde. Nach etwas, das ihr in die Jahre gekommener Mann ihr nicht geben konnte.~~

~~Beide Parteien dieser Ehe wussten, dass sie die besten Jahre hinter sich hatten. Es gab keine Reisen zu außergewöhnlichen Orten mehr, keine im großen Rahmen angelegte Feiern, und natürlich hatte es auch schon lange kein erotisches Verlangen mehr gegeben. War es zu spät für sie, einen neuen Anfang zu wagen? Vermutlich.~~

Und da griff MacArthur plötzlich nach der Tischlampe auf seinem Nachttisch und schlug mit einer solchen Wucht auf seine Frau ein, dass sie einsackte und mit einem Purzelbaum aus dem Bett kullerte. Blut, das in der Dunkelheit fast schwarz wirkte, sickerte in den teuren Teppichboden. MacArthur jedoch verschränkte die Arme hinter dem Kopf und lehnte sich entspannt zurück, als wäre eine schwere Last von seinen Schultern gefallen.

Auf dem Grabstein würde ›liebevolle Ehefrau und sorgsame Mutter‹ stehen. Niemand würde jemals erfahren, dass MacArthurs Frau manchmal sehnsüchtig an andere Männer gedacht hatte.

Warum hast du mich verlassen?

INVIDIA

Liebes Tagebuch!

Ich habe keine Ahnung, was für eine Scheiße heute in mich gefahren ist. Dass der Tag kein perfekter sein würde, habe ich bereits beim Aufwachen an den Kopfschmerzen gemerkt. Ein durchgehender Druck, wahrscheinlich ausgelöst durch die Verspannungen, wie ich sie immer bekomme, wenn ich am Vortag früh ins Bett gehe. Das hat man davon, wenn man etwas für seine Gesundheit tun will. Jedenfalls habe ich es irgendwie geschafft, die Arbeit hinter mich zu bringen, ohne mich von diesen Kopfschmerzen unterkriegen zu lassen. Danach ist allerdings etwas Seltsames passiert, und das ist folgendermaßen abgelaufen. Ich bin im Coffeeshop, um mir einen von diesen neumodischen Tees aus der Kapsel zu holen. Diese komische Ingwer-Zitronengras-Mischung, die ich letzte Woche probiert habe, schmeckt gar nicht mal so übel. An der Theke bemerke ich dann, wie die Angestellte die letzte Kapsel dieser Mischung aus dem Regal nimmt. Für den Kunden vor mir wohlgemerkt. Während sie ihm also den Tee eingießt, frage ich, ob es denn heute keinen Grüntee mehr gäbe, was sie bestätigt. Und plötzlich wische ich mit dem Arm über die Theke und schleudere den Becher des anderen Kunden quer durch den Raum. Für ein paar Sekunden sind alle Augen im Coffeeshop auf mich gerichtet. Ich bin selbst völlig perplex. Bekomme kaum Luft. Ich entschuldige mich.

Bezahle den verschütteten Tee. Dann gehe ich hinaus an die kalte Luft. Und muss ein paar Mal tief durchatmen. So etwas ist mir noch nie passiert. All die klitzekleinen Enttäuschungen des Tages sind plötzlich hochgekommen, und die Kopfschmerzen haben ihr Übriges getan. Ich habe mich unfair behandelt gefühlt. Aber sich wegen eines Tees so aufzuregen? Ich kann froh darüber sein, dass die Hände der Angestellten nicht von der heißen Flüssigkeit verbrüht worden sind. Zum Glück bin ich nicht mehr im Dienst gewesen und habe auch keine Uniform getragen. Suspendiert zu werden, ist das Letzte, was ich jetzt gebrauchen kann. Aber vielleicht benötige ich mal wieder Urlaub. Naja, dann sollte ich heute vielleicht noch früher schlafen gehen als gestern. Draußen sind noch nicht einmal die Lichter an, obwohl es schon dunkel geworden ist. Gerade fährt ein Auto in die Stadt und biegt in die Einfahrt zum Motel. Wer auch immer das ist, weiß wohl nicht, in welchem Zustand es sich befindet. Armes Schwein.

Das grelle Licht durchschnitt die allgegenwärtige Finsternis und offenbarte unzählige wunderbare Dinge, doch war es immer noch das tiefe Schwarz, das in Gedanken neue Formen annahm und Ängste hervorrief.

›Du musst an etwas anderes denken. Nicht an deine Arbeit, nicht an deine Kollegen, und schon gar nicht an die Beziehung.‹

Durch den Druck der Reifen zusammengepresst, gab die dünne Schicht aus Schnee ein knirschendes Geräusch von sich, als der schwarze Wagen die kurze Einfahrt hochfuhr und vor dem einstöckigen Gebäude zum Stillstand kam.

Ein Blick auf das Motel genügte, um zu erkennen, dass man hier nicht allzu viel anfassen durfte, lag einem die eigene Gesundheit am Herzen. Wenn es den Betreibern schon nicht wichtig war, wie abstoßend es von außen wirkte, mit all den herumkullernden Dosen und der in unregelmäßigen Abständen flackernden Beleuchtung, wie hoch war da die Wahrscheinlichkeit, dass sie sich im Inneren um Hygiene und Wartung bemühten? Risse zogen sich über die Wände, und ein besonders hässlicher Fleck von der Größe eines Basketballs hatte es sich unter einem der verschmierten Fenster gemütlich gemacht. Allem Anschein nach gehörten die besten Jahre des Motels der Vergangenheit an, sollte es jemals welche gehabt haben.

Als die Fahrertür des Wagens aufschwang, lugten zwei schlanke Beine hervor. Die Absätze der Stiefel waren kaum lang oder dünn genug, um auf dem teilweise vereisten Gehweg Probleme zu bereiten. Langsam stemmte sich die Frau in die Höhe; die zarten Hände am Kragen des schwarzen Mantels, um den kalten Wind abzuschirmen. Etwas widerwillig schnappte sie sich den kleinen Koffer vom Beifahrersitz, danach stapfte sie auf das Motel zu.

Ihre Erwartungen wurden erfüllt. Noch bevor die schwere Eingangstür ganz offen stand, schlug ihr der Geruch von Tabakrauch und billigem Alkohol entgegen. Dort, wo keine löchrigen Teppiche ausgelegt worden waren, gab es nur wenige unbeschädigte Stellen im Boden. Selbst die roten Fahnen mit Logos irgendwelcher Sportteams, aufgehängt an den bröckeligen Wänden, riefen keinerlei Assoziation mit Luxus hervor. Zudem schien es von der Decke zu tropfen.

Dann jedoch stand die Frau im Raum, und plötzlich war es gar nicht mehr so schlimm. Als sie den Koffer abstellte, bemerkte sie eine wohlige Wärme, die ihre steifen Finger und Zehen langsam auftaute. Vom anderen Ende des Eingangsbereiches ertönte eine leise eingängige Melodie, den Ursprung in einem lächerlich winzigen Speichermedium, und die markante Stimme eines jungen *Bob Dylan* trug ernstzunehmende Worte herbei.

come writers and critics who prophesize with your pen
and keep your eyes wide, the chance won't come again
and don't speak too soon, for the wheel's still in spin
and there's no tellin' who that it's namin'
for the loser now will be later to win
for the times they are a-changin'

Auch sonst gab es für die Frau nicht mehr viel zu beklagen. Ihr Blick fiel auf den Tresen; ein stabiles Möbelstück aus massivem Holz, auf dem kein einziges Staubkorn auszumachen war. Dahinter stand ein gepflegter Mann in grauem Anzug, vermutlich um die fünfundzwanzig Jahre alt, mit einem offenen gutherzigen Lächeln.

»Schönen Abend«, sagte die Frau und ging auf ihn zu.

»Ihnen auch«, entgegnete ihr Gegenüber. »Möchten Sie hier übernachten? Es ist das Billigste in der Gegend, also erwarten Sie nicht zu viel. Keine zusätzlichen Leistungen. Wäre auch vorteilhaft, wenn Sie ein Kleidungsstück zwischen sich und die Polster bringen könnten.«

Vor dem letzten Satz hatte der junge Mann etwas mit dem Finger von einem der Zeitschriftenstapel geschnippt, die neben ihm auf einem niedrigen Tisch lagen. Obwohl seine Gesprächspartnerin dieses Etwas nicht eindeutig identifiziert hatte, glaubte sie mindestens sechs Beine erkannt zu haben.

»Ich tue wirklich, was ich kann. Putze fast jede Stunde, damit es ein bisschen was hermacht. Kümmere mich mehr darum als der Boss.«

Leise schnaufend kniff die Frau ihre Augen zusammen. ›Ist ja nur für eine Nacht‹, ermahnte sie sich. Da ihrem Mund jedoch keine zustimmenden Worte zu entlocken waren, nickte sie bloß, während sie ihre breite lederne Geldbörse hervorholte.

»Eine Nacht?«, fragte der Mann und kritzelte etwas in ein Büchlein, ohne die Antwort abzuwarten. Danach hob er den Kopf, um die Kundin noch einmal genauer zu begutachten.

Lynne war eine hübsche Frau im Alter von zweiunddreißig Jahren, die man nicht unterschätzen durfte. Auf den ersten Blick vermittelte ihre zarte Gestalt den Eindruck, dass es sich bei ihr um eine Dame handelte, die sich gerne verwöhnen ließ. Auch konnten ihre blasse Haut und die gepflegten blonden Haare, meist zu einem Zopf wild abstehender Strähnen gebunden, zu dieser etwas voreiligen Annahme führen. Allerdings war sie sowohl selbstbewusst als auch außergewöhnlich zäh und besaß einigermaßen ausgebildete Muskeln. Zudem waren ihre Hände recht kräftig und hatten schon etliche gefährliche Geräte bedient, vor denen Männer wie jener auf der anderen Seite des Tresens verlegen zurückgewichen wären. Trotzdem; an Verehrern hatte es ihr mit den nussbraunen Augen zwischen den langen Wimpern sowie den vereinzelten Sonnenflecken noch nie gefehlt.

Von dem Rezeptionisten schien allerdings keine Gefahr auszugehen. Vermutlich war er eine höfliche aufstrebende Person, die sich in der Heimat durchschlug, bis es an der Zeit war, dorthin zu gehen, wo das große Leben samt Managerjob und Ehepartner zu vermuten war.

»Was machen Sie denn hier in *Sin City*?«, fragte er.

»*Sin City*?«, wiederholte Lynne verdutzt, beinahe schon lachend. »Nach *Las Vegas* sieht dieser Ort aber nicht aus.«

»Ach, wir nennen dieses Kaff so, weil wir stets siebenhundertundsiebenundsiebzig Einwohner zählen«, lautete die Antwort. »Jemand lässt sich in der Stadt nieder, jemand stirbt, jemand zieht weg, jemand erblickt das Licht der Welt.«

»Die Einwohnerzahl ändert sich selten? Nun, bei sechshundertundsechsundsechzig Menschen wäre dieser Name passender. Hat etwas Dämonisches an sich.«

»Gutes Argument. Das mit der Zahl Sechs steht doch auch in der Bibel, oder? Aber es gibt doch immerhin sieben Todsünden? Jedenfalls, machen Sie sich bitte keine Sorgen, wir hatten hier noch nie auch nur einen einzigen Mordfall. Auch sowas wie Einbrüche und Diebstähle sind selten. Manchmal gibt es eine Schlägerei, aber das ist auch schon alles.«

Lynne lächelte dankend, als sie nach dem Schlüssel griff.

»Ihr Zimmer liegt am Ende des Gangs. Vielen Dank und eine erholsame Nacht.«

»Ihnen ebenso, Dankeschön.«

Den mit Rollen versehenen Koffer hinter sich herziehend, trat Lynne in den schmalen Gang auf der rechten Seite, dessen vorderer Teil vom schummrigen Licht des

Eingangsbereiches erhellt wurde, während der Rest in der Dunkelheit verschwand.

Nun kam die Frage auf, wo sich die restlichen Zimmer dieser bescheidenen Unterkunft versteckt hielten, denn hier waren bloß zwei Türen zu finden – und die dem Eingangsbereich am nächsten liegende schwang in diesem Moment auf.

Plötzlich stand ein hochgewachsener Mann vor Lynne, der im ersten Moment aufgrund des genervten Ausdruckes auf seinem kantigen Gesicht recht bedrohlich wirkte. Auf den zweiten Blick entpuppte sich dieser Hüne mit dem nackten Oberkörper und den ständig vom Hintern rutschenden Jeans als Halbstarker – ein Twen, der nach dem Rausschmiss aus dem Elternhaus einfach nur ein paar Hirnzellen mit Alkohol vernichten und sich wie Gott fühlen wollte. Als solcher musste er natürlich ständig den Obermacker spielen.

»Hey, Lady«, grunzte er Lynne zu. In seiner Stimme lag ein Hauch Aggressivität, was durch den breiten Kiefer und die Stoppelfrisur noch unterstrichen wurde. Während sich andere Frauen womöglich verkrümelt hätten, wich Lynne keinen Millimeter zurück. Sie fixierte ihr grinsendes Gegenüber, welches wohlgemerkt mindestens einen Kopf größer war, und funkelte es feindselig an. Da war er wieder, ihr Jagdinstinkt, den sie sich über die Jahre hinweg antrainiert hatte.

»Travis!«, bellte der junge Rezeptionist herüber, das Gesicht gerötet. »Kannst du nicht *ein einziges Mal* aufhören, unsere Gäste anzuekeln? Wenn ich Jim davon erzähle, fliegst du raus!«

Drei Sekunden lang überlegte der Hüne ernsthaft, ob er das Risiko eingehen sollte, und starrte Lynne dabei unverhohlen auf die Brüste, dann allerdings zuckte er mit den Schultern und schlurfte grimmig davon.

Erst jetzt konnte Lynne einen Blick in das Zimmer des Halbstarken werfen. Es war klein und schäbig; nach einer besseren Beschreibung suchte man vergeblich. Auf dem Fenster hatte sich Kondenswasser niedergelassen, aus Richtung der Duschkabine drang modriger Geruch, und von irgendwoher schien der kalte Wind hereinzuziehen. Lynne hoffte, dass ihr eigenes Zimmer ohne die am Boden verstreute Wäsche und dem ungenießbar gewordenen Essen ein klein wenig besser abschneiden würde.

In der Mitte des Raumes saß eine Frau im Negligee und blickte dem neuen Gast des Motels bitter entgegen, mit glasig wirkenden Augen, auf dem träge hängenden Kopf ein Geflecht aus fettigen Haaren. Suchte man einen Hauch von Erotik, war dies ohne Erfolg; viel eher überkam der Betrachterin dieser grotesken Szene ein Würgereiz.

Endlich konnte sich Lynne losreißen, um die letzten vier Schritte bis zum Ende des Ganges zurückzulegen. Hastig öffnete sie die Tür und hievte den Koffer mit einer Drehung in das Innere, sodass sie ohne weitere Zwischenfälle endlich allein sein konnte.

Sobald die Tür geschlossen und verriegelt war, entfuhr Lynne ein Seufzen. Normalerweise würde sie eine solche Situation nicht aus der Ruhe bringen, doch irgendetwas lief in diesem *Sin City* genannten Örtchen falsch; davon wollte sie zumindest ihr Bauchgefühl überzeugen. Und ihr Bauch hatte noch nie einen Fehler gemacht. Am nächsten

Tag würde sie schleunigst weiter nach Westen fahren und nicht eher anhalten, bis sie das Haus ihrer Großeltern erreicht hatte.

Doch nun musste sie erst einmal mit diesem Zimmer fertig werden. Sie vermied es, sowohl Matratze als auch Laken genauer zu inspizieren, kam aber nicht umhin, die demolierten Möbel zu bemerken. Am wackelnden Nachttischchen stand ein Wecker ohne Zeiger, und die Türen des Schrankes wiesen etliche lange Kratzer auf, von denen man ohne eine Menge Fantasie kaum sagen konnte, wie sie entstanden waren.

Nach einer Weile gab Lynne ihre nicht sehr hilfreiche Analyse auf und bewegte sich im Zimmer umher. Dabei schlüpfte sie aus ihrem Mantel und legte ihn über einen Hocker. Dann bückte sie sich, als sie etwas am Boden liegen sah. Der Fund war bei weitem nicht das Widerwärtigste an diesem Zimmer, aber es erstaunte sie schon ein bisschen, dass sie plötzlich ein benutztes Kondom zwischen den Fingern hielt. Auf der Außenseite waren winzige blutrote Linien eingetrocknet. Hatte der junge Rezeptionist nicht gesagt, er würde hier oft sauber machen?

Schulterzuckend versenkte Lynne das wabbelnde Ding im Mülleimer in der Ecke. Vermutlich kamen Jugendliche hierher, wenn sie den Drang verspürten, eine heiße Nacht zu verbringen, ohne dass Eltern anwesend waren. Vielleicht schleppten auch Prostituierte ihre Kunden in diese Bruchbude. Immerhin hatte die Frau vom Zimmer nebenan nicht den Eindruck gemacht, als wäre sie Pharmazievertreterin. Wobei Medikamente vermutlich eine nicht unerhebliche Rolle in ihrem Leben spielten.

Mit einem lauten Seufzen ließ sich Lynne auf das Bett sinken. Es machte ihr nichts aus, auf dem dreckigen Stoff zu liegen, denn sie war viel zu erschöpft, um sich Sorgen zu machen. Trotzdem war an Schlaf noch nicht zu denken; sie musste erst noch duschen. Die lange Fahrt hatte ihr nicht nur Verspannungen eingebracht, sondern auch das Gefühl, ihre Unterwäsche würde so fest an ihr kleben, dass nur noch ein Presslufthammer Abhilfe verschaffen könnte.

Vorsichtig schob sie die hängende Tür zum Badezimmer mit dem Fuß zur Seite, wobei ihre Strumpfhose an einem abstehenden Span hängen blieb und fast ein Loch bekommen hätte. Obwohl Lynne zum Fluchen zumute war, konnte sie der Anblick des Bades dann doch etwas beruhigen. Ausnahmslos alle Fließen waren blitzblank gewischt und trugen sogar so etwas wie Glanz in sich. Das flache Waschbecken und auch die Duschkabine wirkten unerwartet sauber. Nicht übel, wenn man bedachte, dass sich direkt hinter dem winzigen Fenster ein Spinnennetz mit einem abstoßenden schwarzen Klumpen darin befand.

Also entledigte sich Lynne ihrer Klamotten und stieg mit einigermaßen zufriedenem Gemüt in die Kabine, um zu duschen. Nachdem sie den ersten Schrecken überwunden hatte, gewöhnte sich ihr Körper an das relativ kühle Wasser, und die restlichen fünf Minuten unter dem in alle Richtungen flitzenden Strahl waren recht angenehm.

Nachdem sie sich gewaschen hatte, band sie sich eines der sauber aussehenden Tücher um den Torso, bevor sie mit dem anderen über ihr nasses Haar rubbelte. Anschließend verstaute sie den schwarzen Rock samt Strumpfhose sowie den Pullover im Koffer, bevor sie ein graues Shirt und gepunktete Shorts hervorholte, welche ihren Pyjama darstellten.

Lynne beschloss, noch ein wenig in einer mitgebrachten Zeitschrift zu blättern. Dies war ungefähr der Zeitpunkt, an dem plötzlich starke Kopfschmerzen einsetzten. Mit einem Mal krümmte sich ihr ganzer Körper, als hätte sie jemand in den Bauch geschlagen. So etwas hatte sie noch nie gefühlt, vielleicht bloß damals, als sie das erste Mal eine Person angeschossen hatte. Begleitet wurden die Schmerzen von Schwindel und einer solchen Übelkeit, dass Lynne sich beinahe übergeben hätte. Sie überlegte, ob es sich um (ganz besonders schlimme) Menstruations-krämpfe handelte, aber ihre letzte Monatsblutung war erst eine Woche her.

Nach etwa zehn Minuten ebbten die Schmerzen ab, doch Lynne fühlte sich so erschöpft, dass sie etwas orien-tierungslos die Tücher im Bad deponierte und sich dann unter Anstrengungen in ihr Schlafgewand quälte. Ihr (im Gegensatz zum Kopfhaar dunkles) Schamhaar war noch feucht, doch das interessierte sie im Moment überhaupt nicht. Als sie schließlich im Bett lag, freute sie sich auf den Schlaf. Denn sie wusste nicht, dass eine Welle Blut über diese Stadt hereinbrach. Sie wusste nicht, dass sie schon bald knöcheltief im Blut stehen würde. Und dass Blut an ihren Händen kleben würde. Sie glaubte, dass sie am nächsten Tag mit den ersten Sonnenstrahlen aufwachen und dieses Kaff kurz darauf hinter sich lassen würde – ein Irrtum.

Im Schlaf überkam Lynne ein eigenartiges Gefühl von Verlust, das sie sich im Bett herumwälzen ließ. Irgendwann träumte sie, dass sie sich in einer Wohnung befand, die sie noch niemals zuvor betreten hatte. Ein frisch verliebtes Pärchen, fast noch im Teenager-Alter, saß auf einem verlumpten Sofa und starrte sie fragend an. Daraufhin entblößte sich Lynne vollständig. Diese äußerst gewagte Aktion war dem männlichen Teil des Pärchens wohl überhaupt nicht unangenehm, denn schon begann er, an sich herumzuspielen. Fast ohne irgendeinen Übergang befanden sie sich plötzlich in einem Liebesspiel, in dem sie sich auf dem Sofa vergnügten, während der weibliche Teil des Pärchens bloß einen Meter weiter weg saß und das Ganze mitansehen musste. Als Lynne, munter auf dem Geschlechtsorgan des Mannes auf und ab hüpfend, zur Frau blickte, erschrak sie aufgrund deren Gesichtszüge, die mehr als nur Wut widerspiegelten. Und dann verschwand das Pärchen wieder, und Lynne fiel nackt durch vollkommene Schwärze.

Lynne schreckte hoch und wurde in die reale Welt zurückbefördert, direkt in das Zimmer des heruntergekommenen Motels. Erneut setzten Kopfschmerzen ein, bloß waren sie ihr jetzt etwas erträglicher.

Ihr Herz setzte einen Schlag aus, als sie plötzlich eine Gestalt am Fußende des Bettes stehen sah. Eine großgewachsene nackte Dame, mit Haut so weiß wie gebleichtes Papier und merkwürdigen Linien auf den spitzen Brüsten und auch um den Bauchnabel, blutrot. Eine kahlköpfige Erscheinung ohne Augen, die beim nächsten Blinzeln schon wieder verschwunden war.

Ungefähr zwei Minuten lang blieb Lynne regungslos liegen, am ganzen Körper zitternd. Was war das für ein abscheuliches Ding gewesen? Hatte sie noch geträumt? Wie um alles in der Welt brachte ihr Hirn genug Fantasie auf, um so ein Monstrum direkt in das Zimmer zu projizieren?

Als Lynne sich aufsetzte und ihre Sinne langsam erwachten, bemerkte sie Geräusche aus dem angrenzenden Zimmer. Es gab ein Klackern wie von heftigen Stößen, und hemmungsloses Stöhnen.

Sie fragte sich, ob es wohl diese Laute waren, die ihr den seltsamen Traum beschert und sie aufgeweckt hatten. Nur für einen Augenblick dachte sie an den muskulösen Mann und die ungepflegt wirkende Frau von nebenan. Und dann stieg eine solche Eifersucht in Lynne auf, dass sie aufsprang und sich mit voller Kraft gegen die Wand schmiss. Ein lautes Poltern ertönte, aber der Geschlechtsverkehr im anderen Zimmer kam nicht einmal eine Sekunde lang zum Stocken.

›Das sollte *mein* Fick sein‹, dröhnte es in Lynnes Kopf, und ihre Augen füllten sich mit Tränen. ›*Ich* sollte diejenige sein, die dort drüben durchgenommen wird.‹

Absurde Gedanken, doch im Moment schienen sie unumstößlich zu sein. Ausschließlich ihr erschöpfter Körper hinderte Lynne daran, aufzustehen und in das Zimmer nebenan zu platzen. In ihr machte sich das Verlangen breit, sowohl Mann als auch Frau einfach zu erschießen. Aber stattdessen begann sie, sich selbst zu befriedigen, und sie kam ungefähr zum gleichen Zeitpunkt wie das Paar auf der anderen Seite der dünnen (und vermutlich voller Schimmelpilz steckenden) Wand zum Höhepunkt.

Anschließend kroch Lynne in das breite Bett, unfähig zu irgendeiner weiteren Tat. Was hätte sie auch tun sollen? Immerhin war es mitten in der Nacht – und bisher hatte es sich um eine äußerst merkwürdige Nacht gehandelt.

›Nicht an deine Arbeit denken, nicht an deine Kollegen denken, und schon gar nicht an die Beziehung denken.‹

Warum war es überhaupt so gekommen?

›Ich weiß es nicht.‹

Es war heiß, nein, eher kalt, vielleicht, oder doch beides? Lynnes grauer Pyjama war vollkommen durchgeschwitzt. Aufgrund des Orgasmus? Wahrscheinlicher war es, dass sie bereits im Schlaf etliches an Flüssigkeit abgesondert hatte. Ob das wohl ein Fiebertraum gewesen war?

›Hat mir irgendjemand Drogen verabreicht?‹, fragte sich Lynne grinsend, zur Decke blickend. Seit der Ankunft in diesem Zimmer hatte sie sich wie in einem merkwürdigen Rausch gefühlt.

Draußen, irgendwo irgendwann, ertönte eine Sirene.

›*Sin City*, tatsächlich.‹

Mit diesem Gedanken schlief Lynne Belle ein, und diesmal wurde es ein erholsamer Schlaf.

PROTOKOLL – SIN 02

›Meine geschätzten Damen und Herren aus aller Welt! Ich bedanke mich vielmals, dass Sie erneut erschienen sind. Vermutlich ist Ihre Neugier geweckt, und Sie fragen sich, was mit unseren Mitteln noch alles möglich ist. Auf keinen Fall will ich Ihnen das vorenthalten. Gehen wir gemeinsam den Weg, diesmal mit dem zweiten der sieben *SIN*.

Lassen Sie mich Ihnen erneut eine Frage stellen. Was bedeutet *Trägheit* für Sie? Auf Menschen bezogen, meinen wir damit meist, jemand sei faul. Natürlich können wir nicht ständig unser Bestes geben. Manchmal ist es auch vonnöten, ein wenig zu entspannen. Nach einem anstrengenden Tag sich einfach mal mit einem Fläschchen Bier vor den Fernseher setzen? Aber ja doch, sage ich. Nach einer Woche andauerndem Stress einen ganzen Tag nicht vor die Tür treten? Warum nicht, sage ich. Faulheit ist durchaus Teil eines arbeitsreichen Lebens.

Allerdings – und da kennen Sie doch bestimmt genug Beispiele – kann so etwas auch ganz schnell negative Formen annehmen. Kinder, die keinerlei Sport machen. Erwachsene, die von ihren schlechten Angewohnheiten im Griff gehalten werden. Alte, die dem schleichenden Prozess der Verdummung anheimfallen. Laut einigen Wissenschaftlern dauert es etwa sechzig Tage, bis das Gehirn eine Tätigkeit zu einer Gewohnheit umprogrammiert. Wenn Sie also zwei Monate lang jeden Tag Laufen gehen, wird das zu einer äußerst gesunden Gewohnheit für Sie; meinen Glückwunsch dazu. Im Gegensatz dazu ist es allerdings sehr schwierig, auch nur eine einzige Woche auf das Rauchen oder das Trinken zu verzichten, wenn der Körper auf die süchtig machenden Substanzen in Tabak und Alkohol besteht. Unfair, was?

Als wäre diese Problematik nicht schon schwerwiegend genug für willensschwache Menschen, ist der Begriff der Trägheit damit noch nicht ausgefüllt. Auch andere negative Eigenschaften wie Ignoranz oder Feigheit werden mit diesem Thema in Verbindung gebracht. Haben Sie sich schon einmal vor einem Kurs gedrückt, aus Angst vor einer Blamage, obwohl Sie genau wussten, dass es Ihnen nicht schaden würde? Oder möglicherweise kommen Sie bei Leuten, die Ihnen vorgestellt werden, ständig mit Vorurteilen daher, ohne die Möglichkeit in Betracht zu ziehen, dass Sie wieder einmal von einer Person positiv überrascht werden könnten. In diesem Sinne; lassen wir uns von dem Verhalten unser Versuchssubjekte überraschen. Überraschungen sind genial.‹

~~Claythorne war mit ihren Nerven völlig am Ende. Zuerst hatte ihr Sohn fast zwei Wochen lang Fieber gehabt. Und nun hatte er einen seiner Schulfreunde zu sich eingeladen. Als ob es nicht schon anstrengend genug gewesen wäre, Tag für Tag zum Arzt oder zur Apotheke zu laufen. Von den vielen Sorgen, die sie sich gemacht hatte, einmal abgesehen. Und jetzt durfte sie sich auch noch mit zwei von diesen Plagegeistern herumärgern.~~

~~Aber wenigstens spielten die beiden Kinder mit sich selbst. Sie machten zwar eine Menge Lärm, hatten sich aber in das Kinderzimmer zurückgezogen. Das gab der leicht überforderten Mutter die sehr seltene Gelegenheit,~~

~~die in kuschelig weiche Socken verpackten Füße hochzu-
legen.~~ Lächelnd schaltete Claythorne den Fernseher ein.
Gelangweilt zappte sie sich von einem Kanal zum anderen.
~~Was für ein ödes Leben. Wie wäre es stattdessen mit einer Beziehung? Sie war doch attraktiv genug, um einen
Mann aufreißen zu können, oder etwa nicht? Einen der
vernünftigen Sorte. Dem es nichts ausmachte, dass sie ein
Balg hatte. Balg, so nannten die Männer ihren Sohn meistens. Wo waren die kultivierten Gentlemen? Vermutlich
nicht in den Bars und Clubs, in die sie stets geschleppt
wurde.~~

Nach einer Weile stand Claythorne auf und ging in die
Küche nebenan. Sie öffnete den Kühlschrank und bückte
sich, damit sie einen Blick hineinwerfen konnte. ~~Kein einziges Stückchen Schokolade mehr.~~ Schulterzuckend warf
Claythorne die Kühlschranktür wieder zu und griff nach
einer Birne aus dem Obstkörbchen auf dem Tisch.

Ein Schälmesser fand sich in einer der Schubladen, die
sich außerhalb der Reichweite von Claythornes Sohn befanden. Mit geübten Bewegungen schnitt sie die Birne in
Scheiben. Danach schaufelte sie sich die Scheibchen in
ihre Handfläche und trottete zurück zum Sofa vor dem
Fernseher. Während sie aß, wackelte sie vergnügt mit den
Zehen.

~~Kaum war die Birne vernascht, überkam sie ein ungutes
Gefühl.~~ Mit gerunzelter Stirn blickte Claythorne in Richtung der Küche, in der immer noch das Schälmesser auf
der Anrichte lag. Sie hatte es nicht weggeräumt. ~~Wollte
sie auch nicht. Sie war viel zu erschöpft dafür. Was sollte
schon passieren?~~

Plötzlich schreckte Claythorne hoch. Die schrille Stimme eines Kindes hatte die Stille durchschnitten. ~~War sie etwa eingeschlafen?~~ Ihr Sohn lag vor ihr auf dem Parkettboden. Sein Schulfreund hatte ihn bis hierher geschleift, was an der langen Blutspur zu erkennen war. In seinem Hals steckte das Schälmesser.

Fassungslos rutschte Claythorne von ihrem Sofa. Mit zitternden Händen griff sie nach dem reglosen Körper ihres Sohnes. ~~Und das alles nur wegen einer entschuldbaren Unvorsichtigkeit. Aber das hätte jedem passieren können, oder? Natürlich, natürlich. Trotzdem; vielleicht gab es in diesem Fall gar nichts zu entschuldigen. Vielleicht, weil sie nichts falsch gemacht hatte. Vielleicht, weil sie alles falsch gemacht hatte. Nun, vielleicht würde sie es niemals bei einem der beiden Fälle belassen können.~~

~~Vater, in deine Hände lege ich meinen Geist.~~

ACEDIA

Schlaf ist ein Zustand der Ruhe, und als solcher ist er für Menschen überlebenswichtig. Nicht ohne Grund zählt Schlafentzug zu Foltermaßnahmen, kann Schlafmangel doch sogar tödlich enden. Die rasende Gier der Menschheit nach Wissen, welches sie schlussendlich kaum zu verarbeiten vermag, ließ einige Forscher grausame Tierexperimente durchführen, in deren Folgen getestete Lebewesen starben, bekamen sie nicht genügend Schlaf. Mithilfe von grafischen Darstellungen wollten hochnäsige Wissenschaftler beweisen, welche Mechanismen während der Schlafzustände in Gang gesetzt werden, ohne jemals die ganze Bedeutung davon zu verstehen. Was das Gehirn dank unzähliger emsiger Botenstoffe mit dem ruhenden Körper anstellt, übersteigt beinahe jede Vorstellungskraft. Und noch weniger weiß man über Träume, die in ihrer Vielfältigkeit alle realen Grenzen sprengen.

Manche Leute benötigen keine Weckhilfe und wachen jeden Tag um dieselbe Uhrzeit auf. Sie werden von einem inneren Rhythmus gelenkt, egal ob dieser seinen Ursprung in fundamentalem Selbstbewusstsein oder tief verankerten Sorgen hat. So war es für gewöhnlich auch bei Lynne. Aus diesem Grund hatte sie angenommen, mit dem Aufgang der Sonne aus der Dunkelheit gehoben zu werden. Doch irgendetwas an den Ereignissen der letzten Nacht ließ sie so tief und so fest schlafen, dass sie erst dann die

Augen öffnete, als auf der anderen Seite der Tür eine laute Stimme ertönte, nachdem bereits vier Mal energisch angeklopft worden war.

»Na gut, wir gehen jetzt rein. Weg von der Tür!«

Es dauerte nur einen kurzen Augenblick, bis Lynne den Sinn dieser gedämpften Worte verstand. Als sie dann erschrocken hochfuhr, war es bereits zu spät, um das gewaltsame Eindringen zu verhindern. Mit einem lauten Knirschen sprang die Tür aus den Angeln und wurde durch das Zimmer geschleudert, bis sie einen halben Meter vor der gegenüberliegenden Wand liegen blieb.

Nur eine Sekunde später schob sich ein dunkelhäutiger Mann in den Raum; ein stämmiger Mittvierziger mit glänzender Glatze und Rundbauch – und mit einer erhobenen Pistole, deren Lauf direkt auf Lynne zeigte.

Anstatt in irgendeiner Weise zu reagieren, blieb Lynne im Bett sitzen und sah dabei zu, wie ein weiterer Mann in das Zimmer kam. Dieser hatte eine genauso helle Haut wie sie selbst, aber im Gegensatz zu ihr kurzes dunkles Haar, das säuberlich frisiert auf einem Kopf mit ziemlich hübschem Gesicht saß. Beim Anblick dieses gutaussehenden Mannes erinnerte sich Lynne daran, dass ihr Körper ausschließlich von ihrem Pyjama bedeckt wurde. Die mit Flecken übersäte Decke hatte sich nämlich an das Fußende des Bettes verabschiedet. Mit einer schnellen Bewegung zog Lynne das (ohnehin weit geschnittene) Shirt weiter ihre Schenkel hinunter. Dem winzigen Stofffetzen, aus dem ihre Shorts waren, traute sie eher weniger zu, alle intimen Stellen zu bedecken.

›Was geht hier eigentlich ab?‹

»Sicher!«, knurrte der Glatzkopf. »Keine hastigen Bewegungen, Miss!«

Lynne warf einen kurzen Blick auf den gutaussehenden Mann, dann konzentrierte sie sich auf die primäre Gefahr in Form eines übergewichtigen Wichtigtuers.

»Entschuldigen Sie mein Benehmen«, gab sie mit Sarkasmus zurück, »aber dass Sie meinen Hintern zu Gesicht bekommen, wäre trotz der Tatsache, dass wir erst Morgen haben, der Tiefpunkt meines Tages.«

Ihr Gegenüber brach in Gelächter aus.

»Ha, Sie gefallen mir«, meinte der Glatzkopf und senkte die Waffe, nachdem er sich davon überzeugt hatte, dass Lynne nichts in den Händen hielt. »So was wäre mir in dieser Stadt noch nicht untergekommen. Wer ist sie?«

Nun tauchte eine weitere Person auf, erneut männlich, doch zumindest war dieser Neuankömmling Lynne bereits bekannt. Gemeint war der Rezeptionist, der langsam um die Ecke lugte.

»E-eine Reisende, nur e-eine Reisende«, stammelte er. Bei genauem Hinsehen erkannte man eine merkwürdige Blässe, die sich wie ein fahles Tuch über ihn gelegt hatte. Er würgte und stürzte in den Flur.

»Ah«, machte Lynne, als sie endlich begriff, was hier geschah. »Er hat noch nie eine Leiche gesehen, nicht wahr?«

»Entweder können Sie hellsehen«, meinte der Glatzkopf und kratzte sich am Doppelkinn, »oder Sie sind auch in unserer Branche tätig.«

»Letzteres würde ich vermuten«, meldete sich plötzlich der junge Mann von der anderen Seite des Zimmers zu Wort. »Werfen Sie einmal einen Blick in die Handtasche.«

Eigentlich konnte es Lynne gar nicht leiden, wenn jemand in ihren Sachen wühlte – und hier wurde sowohl in ihrem Koffer als auch in ihrer Handtasche herumgeschnüffelt. Sogar Freunden nahm sie so etwas übel, geschweige denn Fremden, aber diesen beiden Männern musste sie wohl freie Hand lassen, wenn sie sich keinen Ärger einfangen wollte.

»Na, sieh mal einer an«, sagte der Glatzkopf und fischte eine Pistole aus Lynnes Handtasche. »Anscheinend haben wir es mit einer Schützin zu tun.«

Nachdem Lynne aus dem Motel geführt worden war und dabei in das Zimmer nebenan gespäht hatte, wurde sie auf das hiesige Polizeirevier gebracht. Eine Leiche war auf dem Bett gelegen, nämlich die der ungepflegt wirkenden Frau vom Tag davor. Ihr Kopf war in den Nacken gefallen, vermutlich vom Einschlag jener Kugel, die ein kreisrundes Loch in ihrer Stirn hinterlassen hatte. Blutspritzer hatten die gefleckte Wand dahinter geziert, und ein fieser Geruch hatte sich ausgebreitet. Kein Wunder, dass der Rezeptionist sich hatte übergeben müssen.

Auf dem Revier hatte man Lynne in einen kleinen Verhörraum gesteckt, und der dunkelhäutige Glatzkopf hatte sie befragt. Wie sie vermutet hatte, handelte es sich bei dem stämmigen Mann um den Chief Officer dieses Städtchens, das von den Bewohnern ironischerweise *Sin City* genannt wurde. Das Gespräch zwischen ihnen verlief ohne Probleme, auch wenn Lynnes Gegenüber dachte, es müsse die übliche Strenge aufzeigen. Es hatte sich ihr als Carlton Jones vorgestellt.

»Also, Ihr Name ist Lynne Belle? Und Sie sind Detective aus der großen feinen Metropole im Süden, ja?«, fragte der Chief mit einer gewissen Feindseligkeit, nachdem er sich auf einem Klappstuhl niedergelassen hatte. Zwischen ihm und seinem unfreiwillig erschienenen Gast stand ein schmaler Tisch; viel mehr hatte der Raum nicht zu bieten.

»Das ist korrekt«, antwortete Lynne knapp, frustriert darüber, dass sie einen halben Tag vergeudet hatte, wo sie doch schon längst auf dem Weg zum Haus ihrer Großeltern sein müsste. Sie trug jetzt Jeans und den Pullover vom Vortag – und Unterwäsche, wohlgemerkt.

»Welcher Division gehören Sie denn an?«

»Vermisste Personen«, lautete die Antwort. »Momentan bin ich beurlaubt.«

»Und die Waffe?«

»Meine private Pistole, zur Selbstverteidigung.«

»Und *das* soll ich Ihnen abkaufen? Kommen aus einer Großstadt, in der es jede Nacht Leichen regnet, und *hier* in der friedlichen Einöde brauchen Sie Mittel zur Selbstverteidigung?«

»Hey, es ist ein langer Weg, den ich da vor mir habe. Wenn Sie sich das Motel, in dem ich untergekommen bin, genauer ansehen, werden Sie mich ja wohl verstehen.«

Seufzend massierte sich Chief Jones die Schläfen.

»Tut mir leid«, brummte er. »Bin heute nicht leicht aus dem Bett gekommen. Mein Hirn fühlt sich an, als würde es gleich zerspringen. Eine letzte Frage noch. Das Opfer, kennen Sie es?«

Nun zeigte sich auch Lynne etwas versöhnlicher. Sie rang sich ein kurzes Lächeln ab.

»Ich glaube, da kann ich Ihnen nicht weiterhelfen. Aber der Kerl, mit dem sich die Frau ein Zimmer geteilt hatte, heißt Travis, also zumindest nannte ihn der junge Rezeptionist so.«

»Okay«, meinte der Chief und erhob sich vom Stuhl, bevor er sich schwerfällig zur Tür schleppte. »Wir werden das mit der Aussage des Burschen abgleichen, sobald er aufhört, sich auf der Toilette des Reviers den Magen leer zu kotzen. Alles andere zeigt Ihre Waffe.«

Mit diesen Worten verließ Jones den Raum.

Nun, Lynne war sicher, dass man nichts finden würde. Sie hatte die Pistole in den letzten sechs Monaten kein einziges Mal benutzt. Einige Personen wären bestimmt nervös geworden, so plötzlich in einen Mordfall verwickelt und dann auch noch als Verdächtige hingestellt zu werden – aber Lynne hatte sich schon aus viel aussichtsloseren Situationen freigekämpft. Das Leben eines Detective in einer Weltstadt war eben kein Zuckerschlecken.

Es war jedoch schon ein seltsamer Tathergang, das musste Lynne zugeben. Während sie im Motel geschlafen hatte, war ein Mord im Zimmer nebenan geschehen. Eigentlich hätte sie das laute Donnern des Schusses aufwecken müssen. Selbst wenn das Geräusch gedämpft worden wäre, hätte man es mit Sicherheit durch die dünnen Wände hören können. Außerdem musste es ein Streitgespräch oder einen Kampf gegeben haben. Immerhin waren auch andere Geräusche in das angrenzende Zimmer gedrungen. Wie auch immer; für Lynne zählte im Moment nur, dass sie schnell hier raus kam und ihre Reise bald fortsetzen konnte.

Eine Viertelstunde später betrat der jüngere der beiden Polizisten den Raum, und Lynne nutzte die Gelegenheit, um ihn noch einmal gründlich zu mustern. Er war ein attraktiver Kerl, ungefähr in ihrem Alter, mit kurzem braunen Haar und grauen Augen voller Wärme.

»Ich bin untröstlich, dass der Chief Sie in diese dunkle Kammer gesteckt hat«, begann er das Gespräch. »Kommen Sie, ich führe Sie nach nebenan.«

›Nebenan‹ stellte sich als großer Raum heraus, der von einer Trennwand in einen Wartebereich für Besucher und einen Arbeitsbereich mit insgesamt drei Schreibtischen unterteilt wurde. Hier gab es große Fenster, die viel Licht spendeten. Von außen wirkte das ältere zweieinhalbstöckige Gebäude mit symmetrischem Aufbau unscheinbar, aber im Inneren hatte man sich bemüht, es modern und einladend zu gestalten. Eine offene Raumgestaltung konnte durchaus ein Gefühl von Behaglichkeit vermitteln; das war kaum abzustreiten.

Lynne bekam einen gemütlichen Holzsessel angeboten und ließ sich darauf nieder.

»Vielen Dank, Officer ...?«

»Mein Name ist Basil Rush«, sagte der junge Mann mit einem Lächeln, das kein bisschen aufgesetzt wirkte. »Wollen Sie eine Tasse Kaffee?«

Lynne nickte und sah sich um.

»Mich wundert es, dass eine so kleine Stadt ein eigenes Revier besitzt, noch dazu, wenn hier so wenige Verbrechen stattfinden, wie behauptet wird. Gibt es hier etwa keinen Sheriff?«

»Das hat mit einem reichen Ehepaar zu tun, das mal hier gelebt hat«, erklärte Basil, während er Wasser erhitzte. »Es ist in diese Stadt gezogen, weil sie statistisch gesehen eine der sichersten auf diesem Kontinent ist. Um das Ganze auszureizen, hat es eine Stiftung ins Leben gerufen und eine ordentliche Summe für die Gründung eines eigenen Polizeireviers gespendet. Im Grunde sind wir eher private Sicherheitskräfte als öffentliche Polizisten.«

»Ein *sehr* reiches Ehepaar?«, hakte Lynne nach.

»Ohja«, machte Basil und lachte. »Sowohl der Mann als auch die Frau waren ein wenig seltsam. Haben diese Stadt zu dem friedlichsten Örtchen des ganzen Landes machen wollen. *Shore* hießen sie. Haben sich kaum in der Öffentlichkeit gezeigt, aber es gab viele Gerüchte über sie. Leider sind sie gestorben, kurz nachdem ich hierher gezogen bin. Ihr Haus am Rand der Stadt, fast so groß wie ein Palast, steht jetzt schon seit fünf Jahren leer.«

Keine zwei Minuten später bekam Lynne ihren Kaffee, an dem sie zunächst probeweise nippte. Es war kein Meisterwerk, schmeckte jedoch ganz passabel. Officer Basil setzte sich ihr gegenüber.

Lynne sah den Officer an, und ihre Blicke trafen sich. Sie lächelte, senkte den Kopf, wischte sich eine Strähne ihres Haares hinter das Ohr und hob den Kopf dann wieder.

›Oh, verdammt, ich flirte doch nicht etwa?‹, dachte sich Lynne plötzlich und verpasste sich selbst eine imaginäre Ohrfeige – doch der Officer schien sowieso ein wenig abgelenkt zu sein und nicht sonderlich auf sie zu achten.

»Unfassbar, bin ich müde«, murmelte Basil und rieb sich die Augen.

Auch Lynne fühlte sich müde, beinahe schon furchtbar erschöpft. Trotz des Kaffees wurde dieses Gefühl innerhalb der nächsten Viertelstunde nur noch schlimmer. Obwohl ein Gespräch mit dem hübschen Officer bestimmt ganz anregend gewesen wäre, schwiegen sich Lynne und ihr Gegenüber bloß an. Es war, als fehlte ihnen die Kraft, auch nur ein Wort aus dem Rachen zu stoßen.

Ein paar Topfpflanzen waren im Raum verteilt. Über einer Tür hing ein Gemälde, das zwei Orangen zeigte. Auf einem schmalen Regal in der Nähe des Ganges im hinteren Bereich des Reviers stand ein kleines Radio, das in diesem Moment ein Lied von *Johnny Cash* spielte. Es stand so weit entfernt und produzierte einen so kratzigen Ton, dass man die Worte nur verstand, wenn man den Text bereits kannte.

I'd love to wear a rainbow every day
and tell the world that everything's okay
but I'll try to carry off a little darkness on my back
till things are brighter, I'm the Man in Black

Irgendwann leuchtete ein Licht auf einem Telefon auf dem nächstgelegenen Schreibtisch auf, und Officer Basil stemmte sich mühsam in die Höhe, bevor er den Raum verließ. Keine dreißig Sekunden später war er auch schon wieder zurück, mit einem Lächeln auf den Lippen.

»Okay, Sie sind hiermit entlassen. Ihre Waffe wurde untersucht, der Chief hat sie heraufgebracht.«

Langsam griff Lynne nach der in Plastik eingewickelten Pistole und ließ sie in ihre Handtasche gleiten, welche bereits auf dem Schreibtisch für sie hergerichtet worden war.

»Vielen Dank«, sagte sie. »Ich hoffe, Sie finden den Täter bald.«

»Hoffe ich auch«, entgegnete Basil.

Sie reichten sich die Hände.

Liebes Tagebuch!
Heute hat mich eine Frau auf diese ganz besondere Weise angelächelt, wie es schon lange keine mehr gemacht hat. Außer Daisy vielleicht. Und was für eine Frau. Ihr Name ist Lynne Belle, und sie ist ebenfalls Polizistin, allerdings eine Nummer größer als ich. Wenn man in einer Großstadt tätig ist, wird man eben abgehärtet. Dagegen ist unsere Arbeit in dieser Provinz ein Zuckerschlecken. Jedenfalls ist Lynne lose in einen Mordfall verwickelt gewesen. Der erste Mordfall in dieser Stadt, seitdem ich hier lebe. Eine Frau ist in der Nacht auf heute im Motel erschossen worden. Lynne ist bei uns auf dem Revier gewesen und dann bald wieder entlassen worden. Natürlich habe ich ihr hinterhergesehen, bis die Tür des Reviers hinter ihr zugefallen ist. Ich muss zugeben, dass sie eine grandiose Frau ist. Ihr hübsches Gesicht, ihr toller Körper, ihre selbstbewusste Ausstrahlung – und außerdem bodenständig, dazu kein bisschen überheblich. Als sie mit dem Chief im Verhörraum gewesen ist, bin ich hinter den mit Jalousien behangenen Fenstern gestanden und habe ihr zugesehen. Wie sie freundlich aber direkt ihren Standpunkt vertreten hat. Wie sie aus einer Ahnung heraus den Kopf gedreht und mich angezwinkert hat. So eine Frau würde es bestimmt auch mit mir und meiner kleinkarierten Familie aushalten. Das habe ich gedacht, als sie gegangen ist. Allerdings wird sie

in ihr Auto steigen und diese Stadt verlassen. Wenn doch nur einmal eine solche Frau nicht aus diesem Kaff verschwinden würde, wie es jede tut. Wenn ich nur ein einziges Mal ein Zeichen bekommen würde. Jawohl, wenn ich sie heute durch irgendeinen Zufall erneut treffe, versuche ich, sie zu erobern. Das alles habe ich gedacht. Und dann bin ich unsanft aus meinen Tagträumen gerissen worden. Ein Rumpeln. Die Erde hat gebebt. Bevor mein Gehirn mir irgendetwas hat klarmachen können, ist die Tür des Reviers aufgedrückt worden. Lynne ist hereingetorkelt, mit aufgeschürften Gliedmaßen. Ich sollte vorsichtiger sein, was meine Wünsche anbelangt, habe ich mir noch gedacht. Ein Unfall, ausgelöst durch Müdigkeit. Und da ich gerade beim Thema Müdigkeit bin; ich könnte direkt hier am Schreibtisch einschlafen, so müde bin ich. Ansonsten hat es noch eine Meldung wegen einer älteren Dame gegeben, die im Supermarkt zusammengebrochen und anschließend ins Krankenhaus der Nachbarstadt gebracht worden ist. Ach, und der Bäcker hat schon zu Mittag kein Brot mehr vorrätig gehabt. Viel mehr ist heute eigentlich nicht passiert. Ich meine, als wäre das nicht schon genug.

Als Lynne das Revier verließ, streckte sie zunächst ihre Wirbelsäule durch und atmete dann tief ein. Die frische Luft roch ein wenig nach Schnee, obwohl der Himmel bläulich und beinahe wolkenlos war.

Direkt gegenüber dem Revier befand sich ein kleiner Park, in dem sich nur wenige Menschen aufhielten. Dazwischen lag die Hauptstraße; ein breiter gerader Weg, den Reisende nutzen konnten, um von einer Seite der

Stadt zur anderen zu gelangen. Eigentlich müsste man denken, eine solche Straße wäre vielbefahren, doch da ein Besuch dieses Ortes einen Umweg darstellte, mieden Lastkraftwagen und Trucks diese Route verständlicherweise.

Während Lynne darüber nachdachte, fiel ihr auf, dass an diesem Tag nichtsdestotrotz zu wenig Verkehr herrschte. Selbst bei ihrer Ankunft am Abend zuvor waren ihr am Stadtrand weitaus mehr Fahrzeuge aufgefallen. Irgendwie wirkte die Stadt wie ausgestorben, was bei der geringen Einwohnerzahl aber kein Wunder war.

Plötzlich bemerkte Lynne einen kleinen Jungen, der hinter einem Baum im Park aufgetaucht war und sich nun in Richtung Straße bewegte. Er war vielleicht sieben Jahre alt, wirkte mit den viel zu großen Kleidungsstücken etwas zu kurz geraten und hatte einen watschelnden Gang.

Mit kleinen Schritten näherte sich der Junge den getrimmten Hecken, die zusätzlich zu einem kleinen Zaun den Park begrenzten. Dort ging er in die Hocke und begann, mit den Fingern über die Erde zu streichen.

Was genau der Junge tat, erkannte Lynne nicht, aber alleine sein Anblick ließ unerwünschte Gefühle in ihr hochsteigen. Sie schloss die Augen und dachte an vergangene Ereignisse, die tiefe Narben hinterlassen hatten. Allerdings verflogen ihre Sorgen, als sich ihre Gedanken ihrer Arbeit zuwandten, denn sie glaubte, ohnehin keine Zeit für ein Kind finden zu können. Genau, sie genoss es, Detective zu sein. Und vollkommen unabhängig. Warum also etwas ändern? Andererseits, dieses Verlangen nach einem Kind, es ließ nicht von ihr ab.

Lynne öffnete die Augen und bemerkte sofort, dass der Junge von eben der Straße gefährlich nahe gekommen war. Schien es nicht so, als ob er sie panisch anstarrte? Es wirkte, als ob er ihr etwas zurufen wollte, dies aber aus irgendeinem Grund nicht konnte.

Unsicher, was zu tun war, verharrte Lynne auf dem Gehweg vor dem Revier und musterte den Jungen – als dieser (von einer Sekunde auf die andere) die Straße betrat. Aus einer Eingebung heraus, wie durch einen mütterlichen Reflex, machte Lynne einen großen Schritt nach vorne, ohne nach links oder rechts zu blicken.

In diesem Moment verschwanden all die Gedanken aus ihrem Kopf, viel zu spät allerdings. Erst jetzt nahm sie eine Bewegung in ihren Augenwinkeln wahr.

Der Druck riss sie beinahe von den Füßen.

Gerade einmal fünf Zentimeter, etwa die Breite eines Taschentuchpäckchens, trennten Lynne von dem vorbeidonnernden Kleinbus – und verhinderten, dass ihr Körper von der Front des Wagens erfasst und mehrere Meter durch die Luft geschleudert wurde.

Mit einer Geschwindigkeit von mindestens fünfzig Stundenkilometern krachte der Kleinbus in die Ecke des Gebäudes neben dem Revier, was einen ohrenbetäubenden Krach verursachte und eine kleine Druckwelle in die Erde wandern ließ.

Lynne war gestürzt und hatte sich sowohl Ellbogen als auch Knie aufgeschlagen. Ihr wild pochendes Herz zwang sie, aufzustehen und etwas – ganz egal, was – zu unternehmen. Mühsam schleppte sie sich zur Tür des Reviers und drückte sie auf.

Basil stand immer noch auf demselben Platz wie zuvor, als sie sich die Hände gereicht hatten.

»Kind ... hineingekracht ... Hilfe«, sagte Lynne, dann wurde es dunkel.

Die Bewusstlosigkeit hielt nicht lange an, nur etwa zwei Minuten.

Zuerst kehrten die Geräusche zurück, allen voran das Brüllen des Chiefs, erst danach gelang es Lynne, die Augen zu öffnen. Basil saß neben ihr und telefonierte.

»Wahrscheinlich ein paar gebrochene Knochen, aber anscheinend nichts Ernstes.«

›Gebrochene Knochen‹, echote es durch Lynnes Kopf, bevor sie realisierte, dass vermutlich nicht sie gemeint war, sondern der Lenker des Kleinbusses.

»Richtig, beeilen sie sich«, sagte Basil und steckte das Mobiltelefon weg.

Dann bewegte er den Hals und sah Lynne an. Ihre Nasen berührten sich beinahe.

»Alles in Ordnung mit Ihnen?«, fragte er.

Lynne nickte. Erst jetzt bemerkte sie, dass Basil sie in den Armen hielt. Zumindest den Oberkörper, denn sie saß auf der mittleren der drei Stufen zum Eingang des Reviers.

Alleine die Tatsache, dass Lynne Basil attraktiv fand, hätte eine gewisse Reaktion in ihr hervorrufen müssen. Dazu die ganzen Hormone, die momentan in ihrem Körper wüteten, ausgelöst durch den Beinahe-Tod von eben. Aber da war nichts. Kein Anzeichen von den typischen Schmetterlingen im Bauch, und auch sonst keine Regung.

›Nicht ständig an die Beziehung denken.‹

Nun, ihr Körper war vermutlich erschöpft. Das war zweifelsohne kein passender Zeitpunkt, um dem Verlangen nach Liebe nachzugehen. Aus diesem Grund setzte sich Lynne auf und versuchte zu verstehen, was passiert war.

Es gab kein Chaos.

Im Gegenteil, weil sich so wenige Leute im Freien aufhielten, war die Straße vor dem Revier genauso verlassen wie vorhin. Mit dem Unterschied, dass ein Kleinbus in der halb zerbröselten Mauer des Nachbargebäudes steckte.

Anscheinend war nichts allzu Schlimmes geschehen. In der Luft hing der Rest eines dunkelgrauen Rauchschleiers, und neben der verbeulten Motorhaube des Gefährtes stand ein Feuerlöscher, aber ob es tatsächlich gebrannt hatte, war nicht zu sagen.

Und der Lenker des Kleinbusses? Der Chief war mit seinem massigen Körper unter dessen Achsel geschlüpft, um ihn zu stützen, einen eher klein geratenen Mann mit buschigem Schnauzbart.

Tatsächlich sah es so aus, als hätte sich der Fahrer zumindest den linken Fuß gebrochen, denn beim Absetzen verzog er das Gesicht schmerzhaft. Außerdem schienen zwei Finger der rechten Hand seltsam abzustehen. Wirklich kurios war allerdings, dass der Fahrer kaum die Augen offen halten konnte und wiederholt gähnte. War er etwa am Steuer eingeschlafen? Spätestens beim Zusammenprall, bei dem er ohne jeden Zweifel mehr Glück als Verstand gehabt hatte, hätte seine Müdigkeit doch wie weggeblasen sein müssen.

»Und das Kind?«

Basils Stimme drang an Lynnes Ohren, aber sie benötigte etwas Zeit, bevor sie die Bedeutung der Worte verstand.

»Welches *Kind*?«, fragte sie.

»Sie haben etwas von einem Kind gemurmelt, bevor Sie zusammengebrochen sind.«

Exakt.

Der kleine Junge, der auf die Straße gelaufen war. Ob er das mit Absicht getan hatte?

Es hatte beinahe so gewirkt, als wäre der Junge genau zum richtigen Zeitpunkt auf die Straße gelaufen, um Lynne dazu zu bewegen, zu ihm zu rennen. Wenn dem wirklich so wäre, hieße das, er hatte sie vor dem Tod bewahrt.

Ohne den rettenden Schritt nach vorne wäre Lynne vielleicht gestorben.

»Ja, da *war* ein Kind ... aber jetzt ist es anscheinend in Sicherheit.«

Lynne wurde kein weiteres Mal befragt. Nachdem sie den Chief und Basil davon überzeugt hatte, dass es ihr den Umständen entsprechend gut ging, durfte sie den Unfallort verlassen. Als sie in Richtung Motel aufbrach, hörte sie, wie die Officer den schlaftrunkenen Fahrer zurechtwiesen, während sie auf den Rettungswagen warteten.

Ihr Herz setzte einen Schlag aus, als sie plötzlich eine Gestalt an der Wand des Reviers hängen sah. Eine von Ketten umschlungene Dame, wie eine in die Mauer geschlagene Galionsfigur, mit trübem und ausdruckslosem Antlitz in die Ferne starrend. Eine farblose Erscheinung ohne Gliedmaßen, die beim nächsten Blinzeln schon wieder verschwunden war.

Aufgrund dessen, dass Lynne bestürzt den Kopf senkte, wäre sie fast noch einmal blindlings auf die Straße gelaufen. Was ging in ihrem Körper vor sich? Warum hatte sie seit der Ankunft in dieser Stadt so seltsame Hirngespinste?

Obwohl sie am liebsten umgehend in das Auto gestiegen wäre und diesen Ort hinter sich gelassen hätte, beschloss sie, noch eine Nacht in dem hiesigen Motel zu bleiben. Ihr war schwindlig, und eine seltsame Übelkeit breitete sich in ihr aus. Wenn sie in diesem Zustand fuhr, endete sie womöglich noch wie der Besitzer des Kleinbusses.

Und dann war da noch diese merkwürdige Trägheit, die Lynne zu lähmen schien. Sie konnte kaum einen Fuß vor den anderen setzen, so sehr schmerzten ihre Muskeln.

Vielleicht war das auch nur die Reaktion auf diesen Beinahe-Zusammenprall mit dem Wagen, der ihr das Rückgrat hätte zertrümmern können. Das war zumindest eine logische Erklärung, nicht wahr? Und die schienen Mangelware in *Sin City* zu sein.

Selten zuvor hatte sich Lynne so ausgepowert gefühlt. Selbst nach der Schießerei in der Trustworth Bank vor zwei Jahren, als sich drei Räuber mit zwanzig Geißeln eingesperrt hatten, war sie nicht so erschöpft gewesen. Möglicherweise vertrug sie die Luft in dieser Stadt nicht. Vielleicht lag es ja an irgendwelchen magnetischen Feldern, von denen manche Leute Kopfschmerzen bekamen.

Am Motel angekommen, bezahlte sie beim jungen Rezeptionisten für eine weitere Nacht. Dabei kam sie ein wenig mit ihm ins Gespräch. Immer noch schockiert von dem Mord in dem heruntergekommenen Bauwerk, schilderte er, was geschehen war.

»Vorhin ist der Boss vorbeigekommen, und er hat mich total zur Schnecke gemacht«, presste er zwischen den Lippen hervor. »Als ob ich was dafür könnte. Und diese ganzen Fragen von der Polizei, das war mir alles zu viel. Jedenfalls, Travis hat öfters eine Nutte von außerhalb hierher gebracht, aber ein Mord? Ich weiß ja nicht. Wenn ich daran denke, wie ich am Morgen in das Zimmer geschaut habe und die Leiche – oh, Gott.«

Da Lynne wusste, dass eine solche Erfahrung das restliche Leben prägen konnte, versuchte sie, aufmunternde Worte zu finden.

»Kommen Sie schon. Das gehört leider auch zum Leben. Hey, ich glaube, mir ist Ihr Name entfallen.«

»Hab ich Ihnen gestern nicht gesagt«, gab der Rezeptionist von sich. »Mach ich für gewöhnlich nicht, bei Fremden, die nur eine Nacht bleiben. Ich heiße Jeremy.«

»Okay, Jeremy. Also, was ich Ihnen sagen wollte, ist, dass Sie sich in diese Sache nicht hineinsteigern dürfen. Meistens merkt man erst, wie real Verbrechen wie zum Beispiel ein Mord sind, wenn sie in unmittelbarer Nähe passieren. Noch schlimmer, wenn man Täter oder Opfer kennt. Aber es ist nun einmal geschehen, und Sie dürfen sich keine Schuld geben. Müssen Sie in Ihrem Fall auch gar nicht. Laut der Polizei waren Sie ab kurz vor Mitternacht nicht einmal mehr hier. Sie sind jung, Jeremy, lassen Sie sich also von so etwas nicht die Zukunft verderben.«

Jeremy nickte.

»Sie haben vermutlich Recht, tut mir leid.«

Plötzlich knurrte sein Magen, was das Gespräch in eine andere Richtung lenkte und die Stimmung etwas aufheiterte.

»Oh, das ist aber peinlich«, meinte er und grinste verlegen. »Nicht nur die Aufregung, sondern den ganzen Tag auch noch nichts gegessen.«

Nun verspürte auch Lynne Hunger, der wie aus dem Nichts aufgetaucht war und sie nun von innen quälte. Ein Blick auf die Armbanduhr verriet, dass es weit nach Mittag war.

»Was gibt es denn für Restaurants hier?«, fragte sie.

»Hm, zum Beispiel *Louis' Zünglein*, hauptsächlich europäische Kost, und *Oishii Kitchen*, asiatisch. Außerdem gibt es zwei beliebte Franchise-Nehmer, das wären *Seafood-Palace* zum einen und *Coolflame* zum anderen, beides toll. Aber ich glaube, ich bestelle mir gebratene Nudeln.«

Lynne tippte sich mit dem Zeigefinger an den Mund und überlegte.

»Würde es Ihnen etwas ausmachen, für mich mit zu bestellen?«

»Was hätten Sie denn gerne?«

»Knuspriges Hähnchen und weißer Reis mit Teriyaki-Sauce, wenn die so etwas anbieten.«

»Alles klar.«

Keine Viertelstunde später klopfte Jeremy an Lynnes Zimmertür, brachte ihr das Essen herein, und zog sich wieder zurück, nachdem er einen Geldschein von ihr in die Hand gedrückt bekommen hatte. In der Zwischenzeit hatte Lynne nicht viel unternommen, außer ihre Kleidung zu wechseln und ihren Zopf zu öffnen. Mit merkwürdig leerem Kopf war sie in ihren sportlichen Freizeitklamotten sowie mit offenen Haaren dagesessen und hatte einfach nur gewartet.

Wie in Trance griff Lynne nach dem Plastikbeutel und packte die warme Box aus. In ihr befanden sich Streifen knusprigen Hähnchenfleisches, platzsparend auf klebrigem weißem Reis gestapelt, alles von einer dunklen Marinade durchtränkt. Ungeschickt schaufelte sich Lynne mit den beiden mitgelieferten Stäbchen das köstliche Essen in den Mund.

Nach dem Essen stellte Lynne die Verpackung samt Reste auf die Kommode neben der Tür und ließ sich quer in das Bett fallen. Jetzt, da ihr Magen gefüllt war, fühlte sie sich zwar immer noch erschöpft, aber zumindest schien sie wieder klar denken zu können. Während sie auf dem Rücken lag und die Augen geschlossen hielt, fühlte sie, dass sie zweifellos mehrere Stunden schlafen können würde, hätte sie sich zu einem kurzen Verdauungsschlaf entschlossen. Also rollte sie sich herum und zog die Knie an. Sie begann, in sitzender Position nachzudenken.

Ihre Gedanken kreisten hauptsächlich um den Jungen, viel weniger um die dramatischen Ereignisse rundherum. Es erschien zwar unwahrscheinlich, aber für Lynne gab es keinen Zweifel; der Junge hatte ihr das Leben gerettet. Aus irgendeinem Grund hatte er sie weder verbal noch mit Gesten warnen können, also war er einfach auf die Straße gelaufen. Und hatte Lynne dadurch ebenfalls auf die Straße gelockt, was dazu geführt hatte, dass sie um Haaresbreite (und zwar beinahe wortwörtlich) nicht von dem Kleinbus erfasst worden war.

Wie jedes Mal, wenn Lynnes Gedanken auf Kinder gelenkt wurden, erwachte ein kleiner Funken Trotz in ihr. Ein seltsames Verlangen, Geborgenheit zu schenken. In ihren Eingeweiden begann es leicht zu kribbeln, und sie dachte unweigerlich an ihre Vergangenheit mit ihrem ehemaligen Verlobten.

›Jetzt hast du doch daran gedacht.‹

Das war das Problem mit Gedanken; wenn sich einer davon im Gehirn festgesetzt hatte, konnte man ihn nicht wieder fortscheuchen. Man konnte es beinahe mit Treibsand vergleichen. Erkannte man den Treibsand früh genug, konnte man einen Bogen um ihn machen. Aber hatte man erst einmal einen Fuß darauf gesetzt, begann man zu versinken. Und je heftiger man sich wand, desto schneller wurde man verschluckt. Retten konnte man sich bloß, wenn man sich hinaus zog – wenn man sich ablenkte.

Lynne begab sich zum Koffer, um einen kleinen Laptop zu holen, und setzte sich anschließend wieder in das Bett, bevor sie das Gerät einschaltete. Schon bald fand sie sich auf der Benutzeroberfläche wieder, wo sie sich schnell durch mehrere Ordner klickte, bis sie auf die Datei stieß, nach der es sie verlangte.

Bei dieser Datei handelte es sich um ein Video zweifelhafter Herkunft. Als Lynne es abspielte, tauchte ein neues Programmfenster auf dem Bildschirm auf. Ohne irgendeine Art von Vorspann oder Einleitung zu sehen, fand man sich als Zuschauer direkt in einem hellen offenen und zugleich sehr minimalistisch eingerichteten Raum wieder, in dem ein Mann und eine Frau den Akt des Geschlechtsverkehrs ausübten.

Dieses Video stammte von keinem professionellen Regisseur, und vermutlich war die Person, die an der Kamera stand, sowohl für das kaum vorhandene Drehbuch als auch für die Postproduktion verantwortlich. Weder wurde gesprochen (dafür jedoch reichlich gestöhnt), noch gab es irgendeinen anderen Aspekt, der diesen zwölf Minuten langen Clip zu einem wenigstens romantisch angehauchten Erlebnis machte. Auch war kein Zeichen von erzählerischen Faktoren in Form von besonderer Kleidung oder außergewöhnlichem Schauplatz zu erkennen; die Schauspieler (falls man sie überhaupt so nennen konnte) waren zu Beginn bereits nackt und trieben es auf einer gewöhnlichen Matratze.

Lynne hatte dieses Video in einer Nacht gefunden, in der sie betrunken über Kinder nachgedacht hatte. Im Internet hatte es etliche wesentlich ansprechendere Videos gegeben, aber ausschließlich dieses eine Exemplar hatte sie auf ihrer Festplatte abgespeichert. Der Grund war simpel. Die beiden Akteure hatten eine gewisse Ähnlichkeit mit ihrem ehemaligen Verlobten und ihr selbst. Nun, zumindest waren Haut- und Haarfarbe dieselbe, das reichte schon. Außerdem kamen in diesem Video Handschellen zum Einsatz.

Als Lynne noch mit ihrem Verlobten zusammengelebt hatte, war sie oftmals mit ihren Handschellen in das gemeinsame Schlafzimmer gegangen. Ohne diesen besonderen Gegenstand war ihr Liebesleben zwar befriedigend aber monoton gewesen, doch mit den Handschellen war der Sex jedes Mal zu einem Feuerwerk der Emotionen geworden.

Mit glasigem Blick starrte Lynne auf den Bildschirm ihres Laptops. Sie hatte die Vorhänge vorgezogen und die Tür abgeschlossen. Nun war sie in Sicherheit – in einer Welt, in der nur das Verlangen nach Nähe zählte.

Am besten gefiel ihr die Stelle, an der die Frau auf den sitzenden Mann kletterte und sich hockend auf ihm positionierte. Wie das pralle Gesäß unaufhörlich nach oben gezogen wurde und wieder nach unten schnellte, versetzte Lynne in Erregung. Während der Penis des Mannes immer wieder in die Vagina der Frau eindrang, lehnte sich Lynne zurück. Sie begann, ihre Brüste zu massieren. Zunächst knetete sie die ganze Brust, dann spielte sie mit den Fingerkuppen an den Brustwarzen, und schließlich schlüpfte sie aus den Sporthosen, um uneingeschränkten Zugriff auf den Bereich zwischen ihren Beinen zu haben.

Im Video kamen endlich die Handschellen zum Einsatz. Das war auch der Zeitpunkt, an dem die Frau immer wieder wild aufschrie, während der Mann an ihren Brüsten saugte. Wie perfekt sich die Schamlippen um den Schaft schlossen, wie schön die verschwitzte Haut glänzte. Es folgte der Höhepunkt, und in einer Abfolge unkontrollierter Bewegungen ergoss sich der Mann schlussendlich in die Frau, während sie erschöpft auf ihm zusammenbrach.

Lynne schaltete den Laptop aus und klappte ihn zu. Es funktionierte nicht; sie wurde heute einfach nicht feucht. An jedem anderen Tag wirkte das Video wahre Wunder.

Mithilfe des Videos konnte sie verdrängen, dass ihr Verlobter sie verlassen hatte, weil er keine Kinder gewollt hatte, obwohl dies der größte Wunsch seiner Partnerin gewesen wäre.

Das Gespräch war anders abgelaufen, als Lynne es sich vorgestellt hatte. Aber wie oft lief etwas schon nach Plan?

›Weißt du?‹, hatte Lynne damals geflüstert, als sie nach dem Liebesspiel in seinen Armen gelegen hatte. Um sie herum waren etliche vertraute Gegenstände gestanden, von denen sie die meisten schon lange nicht mehr gesehen hatte.

›Was denn, Babe?‹, hatte ihr Verlobter gefragt, mit den Gedanken schon wieder bei der Arbeit.

›Es läuft doch ganz gut für uns momentan, oder?‹,

›Mhm‹, hatte ihr Verlobter gemacht und ihren Hintern begutachtet. ›Würde ich schon sagen, zuerst deine Auszeichnung, jetzt meine Beförderung, alles läuft prima.‹

Manche Menschen wollten bei ›prima‹ weitermachen, andere es dabei belassen. Warum aufhören, wenn es prima lief? Warum etwas ändern, wenn es prima lief? Man konnte so oder so darüber denken.

›Wie wäre es denn, wenn wir nächstes Mal das Kondom einfach weglassen?‹, hatte Lynne wissen wollen und war mit den Fingern über den behaarten Bauch ihres Verlobten gefahren.

›Können wir machen, wenn du willst. Oder ... meinst du etwa, dass wir *gar nicht* verhüten sollten?‹

›Ich bin dreißig geworden!‹, hatte Lynne fast schon jammernd von sich gegeben. ›Ich finde, es wird Zeit, über Babys nachzudenken.‹

›Du übertreibst!‹, hatte ihr Verlobter leichtsinnig gesagt. ›Wenn du etwas brauchst, um das du dich kümmern kannst, können wir uns meinetwegen ein Meerschweinchen besorgen oder so etwas in der Art.‹

Dann hatte sich das Gespräch in eine Diskussion verwandelt, und daraufhin war die Diskussion zu einem Streit geworden.

Monatelanges Drängen hatte nichts genützt. Lynnes Verlobter hatte nicht einmal mit sich reden lassen. Kein bisschen war er von seinem Standpunkt gewichen.

Es hatte eine Trennung gegeben.

›Und deshalb sollst du nicht daran denken.‹

Aber an den Gefühlen hatte sich nichts geändert.

Es war ein unvorstellbar intensives Verlangen. Lynne wollte Mutter sein.

›Scheiß auf die Arbeit, scheiß auf alles andere.‹

Ein Kind. Das war alles, was zählte.

›Ich bin so müde.‹

Diese eigenartige Müdigkeit, die von Lynne Besitz ergriffen hatte, war nicht mit dem Gefühl zu vergleichen, das man spät abends oder früh morgens verspürte. Es war eine vollkommene Erschöpfung, als wäre man eben durch einen Todeskampf gegangen. Alle vier Gliedmaßen waren schwer und konnten kaum ihre gewohnte Leistung bringen. Entlang der Wirbelsäule breitete sich eine Art Lähmung aus, und ihren Ursprung hatte sie direkt unterhalb der Schädeldecke, die sich plötzlich nach einer Berührung sehnte. Eine fiebrige Wärme hatte sich im gesamten Körper niedergelassen, mitsamt einer fesselnden Starre, aus der man sich nicht befreien konnte. Obwohl es kaum möglich war, vernünftig zu denken, kreisten die Gedanken unaufhörlich – verwarfen eine Idee, noch bevor sie erkennbar war. Stimmen, die nicht da waren, zogen auf. Und die Dunkelheit senkte sich über das Bewusstsein.

Lynne hielt inne. Sie glaubte, für den Bruchteil einer Sekunde eine Veränderung am Muster von Licht und Schatten hinter den Vorhängen bemerkt zu haben. Hatte sich jemand vor dem Motel herumgetrieben? Müde schleppte sich Lynne zum Fenster und spähte hinaus, doch da war nichts Auffälliges zu entdecken. Da der Boden aus einer Mischung aus matschig gewordener Erde und halb geschmolzenem Schnee bestand, hätte man Fußabdrücke, sollte es denn welche geben, nicht erkennen können. Und doch wurde Lynne das eigenartige Gefühl nicht los, unter einer gewissen Anspannung zu stehen, wie man sie hatte, wenn man von Fremden umgeben war. Auf dem Weg zum Revier waren Polizisten bei ihr gewesen, aber auf dem Rückweg war sie alleine gewesen – oder doch nicht?

Ein aberwitziger Gedanke tauchte auf, nicht mehr als eine vage Ahnung, eine unsauber umrissene Idee vielleicht, aber schon war er wieder verschwunden, und erneut wurde Lynnes Kopf schwer.

An diesem Tag war nichts mehr zu retten. Obwohl es noch nicht allzu spät war, schlüpfte die müde Reisende in ihr Schlafgewand und legte sich schlafen.

Es dauerte nicht einmal zwei Minuten, und schon glitt ihr Bewusstsein hinüber in die andere Welt.

Lynne empfing einen traumlosen tiefen Schlaf, der fast siebzehn Stunden andauerte.

PROTOKOLL – SIN 03

›Willkommen zurück, meine Damen und Herren aus aller Welt! Ich freue mich, dass Sie allesamt weiterhin Interesse bekunden. Wir dürfen annehmen, dass Ihnen unsere bisherigen Demonstrationen gefallen haben. Gehen wir nun über zur dritten von insgesamt sieben *SIN*.

Abermals möchte ich Ihnen eine Frage stellen. Sind Sie schon einmal der *Völlerei* erlegen? Wie leicht der Mensch sich doch von Lebensmitteln unter Kontrolle bringen lässt. Für manche scheinen Hunger und Durst zu den schlimmsten Foltermethoden zu gehören – und doch sind es nur körpereigene Warnsignale, dass weitere Zufuhr von Nahrung benötigt wird, um diese in Energie umwandeln zu können.

Schon lange bevor die Nahrung im Magen ankommt, wird unmittelbar nach dem Verzehr eines bestimmten Lebensmittels eine Reaktion ausgelöst. Das unablässige Auf und Zu des Kiefers kann Stress vermindern. Welch Erleichterung, wenn die Zähne etwas in Stücke beißen dürfen. Durch die Zunge wird dem Gehirn mitgeteilt, was denn nun eigentlich geschieht. Speichel und Magensäfte werden produziert. Bereits über die Mundschleimhaut werden erste Inhaltsstoffe aufgenommen. Oft reicht es aus, ein bestimmtes Lebensmittel nur zu sehen, damit wir uns besser fühlen. Und wir riechen unsere Lieblingsspeisen schon von weitem.

Im Grunde besitzt der Mensch eine Geschmackssperre. Sobald er von einem bestimmten Gericht gesättigt ist, wird jeder weitere Bissen davon zur Qual. Allerdings ist der Körper darauf ausgerichtet, möglichst viele verschiedene Arten von Inhaltsstoffen aufzunehmen. Also keine Sorge; nach dem würzigen Hauptgang ist immer noch Platz für ein süßes Dessert, nicht wahr? Doch damit nicht genug. Unsere Gefräßigkeit geht weit über Lebensmittel hinaus. Manchmal werden wir von Maßlosigkeit überwältigt, kennen unsere Grenzen nicht. Selbstsucht treibt uns an, und man verschließt sich vor ungeahnten Möglichkeiten, weil man sich selbst ohne Fehler darstellt. Lassen Sie uns herausfinden, wie unsere Versuchssubjekte das handhaben.‹

Marston kratzte sich am Kinn und starrte geradeaus. ~~Auf halbem Weg in den Flur hatte er vergessen, was er eigentlich von dort gewollt hatte.~~ Unschlüssig ging er in die Küche und riss wahllos ein paar Laden auf. ~~Nichts Brauchbares zu finden.~~ Er schüttete Cornflakes in eine Schüssel und klatschte dann einen großen Batzen Joghurt darauf. ~~Da fehlte noch etwas.~~ Aus der Vorratskammer holte er sich eine Flasche Cola. ~~Was für ein herrliches Geräusch, wenn der Kronkorken vom Glas sprang.~~ Zuerst ein lautes Plopp, dann ein Zischen. ~~Schon kribbelte es in den Adern an seinen Handgelenken, und fast konnte er das Prickeln im Hals spüren.~~ Mit wippendem Körper goss er die Cola über sein Müsli.

Plötzlich hielt Marston inne. ~~Was trieb er denn da? Cornflakes, Joghurt, Cola? Passte das überhaupt zusammen? Da kam ihm eine neue Idee. Auf das schäumende und mittlerweile labbrig gewordene Gemisch in der Schüssel mussten noch Nudeln. Ach, und dazu ein paar Kirschen.~~

~~Verdammt, er hatte keine Kirschen in der Wohnung. So etwas Dummes.~~

Mit enttäuschtem Gesichtsausdruck schleuderte Marston die Schüssel gegen die Wand. Sie zerbarst, und ihr Inhalt ergoss sich auf die Kücheninsel. Ein kurzes Zögern, dann sprang Marston wie ein ausgezehrter Kojote auf das ungenießbar gewordene Müsli zu. Er schaufelte es in sich hinein und nahm keine Notiz von den verhängnisvollen Splittern der Schüssel.

Keine drei Minuten später torkelte Marston in sein Badezimmer und blickte in den Spiegel. Sichtlich benommen zog er sich das Shirt aus und wischte damit über seine Lippen, zwischen denen dunkles Blut hervorquoll. ~~Irgendwie schmeckte das Blut lecker. Was sein Körper wohl noch so Leckeres produzieren konnte?~~ Langsam führte er seine Hände in die Achseln und schleckte danach seine Finger ab. ~~Wie salzig. Und wie das auf der Zunge brannte. Vielleicht würde sein Sperma besser schmecken. Seine Exfreundin zumindest hatte es stets mit Leidenschaft geschluckt.~~

~~Als der Gedanke auf seine Exfreundin fiel, warf Marston erneut einen Blick an die Wand und musterte sein Spiegelbild. Kein Wunder, dass sie dich verlassen hat, so übel wie du stinkst. Oder habe ich sie verlassen? Ich kann mich nicht mehr erinnern.~~

~~Weißt du noch, wie du dich im Club zum Affen gemacht hast? Hast geglaubt, du seist der Beste. Hast geglaubt, du verdienst es, wie der Beste behandelt zu werden. Was bist du doch für ein Dummkopf. Kannst du dir das jemals verzeihen?~~

Vorsichtig und sehr langsam zog Marston seinen Kopf zurück. Dann ließ er ihn nach vorne schnellen. Mit einem lauten Krachen donnerte seine Stirn gegen den Spiegel, der sofort in winzige Scherben zerfiel. Marston taumelte zurück und stürzte. Kurz darauf hing sein Körper leblos über den Fliesen, und sein Blut tropfte in die Badewanne.

~~Mich dürstet.~~

GULA

Am nächsten Morgen wachte Lynne gut ausgeruht auf, allerdings mit einem solchen Durst, dass sie ohne nachzudenken direkt in das Bad lief und etwa einen halben Liter Wasser schluckte. Danach zog sie ihr Freizeitgewand an und lief hinaus zur Rezeption, wo Jeremy ein kleines Frühstückstablett hergerichtet hatte.

Ein kleines Kärtchen mit ihrem Namen darauf zeigte, dass das Frühstück für Lynne bestimmt war. Dies gehörte keineswegs zur Standardleistung des Motels, aber anscheinend war der junge Rezeptionist von ihr angetan. Oder es war eine Art Entschuldigung für die Umstände des Vortages. Oder ein Zeichen der Dankbarkeit für ihre aufmunternden Worte. Auf dem Tablett befanden sich ein Croissant samt kleiner Päckchen voll Butter und Marmelade sowie ein Glas Orangensaft. An einer Ecke befand sich ein kaum wahrnehmbarer runder Abdruck, als hätte ein Krapfen oder ein Donut dort gelegen, aber Lynne schenkte dem kaum Beachtung. Vielleicht hatte Jeremy bloß kurz etwas abgelegt. Immerhin würde doch niemand von einem fremden Tablett essen, oder? Mit einem in Gedanken formulierten Dankeschön verließ Lynne die verwaiste Rezeption und zog sich wieder in ihr Zimmer zurück.

Keine zehn Minuten später war das gesamte Tablett leer. Obwohl Lynne morgens für gewöhnlich nur Kaffee trank (wenn sie vor dem Mittagessen überhaupt etwas zu sich nahm), hatte sie das Glas mit Orangensaft bis auf den letzten Tropfen geleert. Sogar über den kleinen Teller hatte sie geleckt, um die letzten Brösel des Croissants in den Bauch zu bekommen.

›Wie gut das tut‹, dachte Lynne seufzend. ›Ab jetzt werde ich meinem ungesunden Lebensstil den Kampf ansagen und vormittags nicht mehr hungern. Das würde auch meiner Figur zugutekommen, immerhin wird so die Verdauung angeregt. Und ich will ja auch nicht mit Vierzig schon wegen Magenproblemen ins Krankenhaus müssen.‹

Lynne trug das Tablett und den Müll vom Vortag zur Rezeption, traf aber auch dieses Mal niemanden an. Wieder im Zimmer angekommen, sprang sie voller Tatendrang in das Bett, welches mittlerweile bereits gemütlich und etwas weniger eklig geworden war; es war gewohnt. Nun konnte sie endlich vernünftig recherchieren, denn die seltsame Müdigkeit vom gestrigen Tag war gänzlich verschwunden.

Lächelnd blickte Lynne an sich hinunter. Sie fühlte sich wirklich wohl nach diesem Frühstück – in ihrem Kopf malte sie sich bereits aus, was sie zu Mittag essen würde.

Immer der Reihe nach; es war noch früher Vormittag, und sie musste über die Ereignisse in dieser Stadt Bescheid wissen. Irgendetwas Merkwürdiges ging hier vor sich, und sie hatte eine leise Ahnung, was der Grund dafür sein könnte.

Mit ihrem Laptop gelangte sie in das Internet, und nach einer kurzen Suche wurde sie fündig. Dieses Städtchen hatte eine eigene Zeitung; nicht mehr als ein Käseblatt, aber immerhin. Kein Wunder, dass der Herausgeber ein alter Mann war, dem seine Zeitung in erster Linie dazu diente, die eigenen politischen Interessen zu verkünden und gegen unliebsame Personen zu hetzen. Auch die uninteressant aufbereiteten Sportnachrichten stammten von ihm. Allerdings gab es noch eine Mitarbeiterin; eine Journalistin, wie sie sich selbst nannte. Sie war ein rundliches Mädchen mit kurzen Haaren, das zweifellos noch nicht studiert hatte, jedoch für den Großteil der Nachrichten zuständig war. Anscheinend schrieb sie über alles, was sich in *Sin City* zutrug. Wahrscheinlich hatte sie die Gabe, eine gute Story aus dem Boden stampfen zu können. Selbst langweilige Themen peppte sie mit eigenhändig gemachten Fotos und einer kreativen Wortwahl dermaßen auf, dass man das Gefühl hatte, etwas zu verpassen, las man die Artikel nicht. Vielleicht zahlte der alte Herausgeber gut. Viel wahrscheinlicher war, dass es dem Mädchen einfach nur Spaß machte und es ein wenig Erfahrung sammeln wollte.

Sin Today, so hieß die Zeitung – ohne den kleinsten Hinweis auf die Ironie, die in diesem Namen steckte. Jeden Morgen flatterten die zwei zusammengefalteten Doppelbögen in die meisten Häuser dieser Stadt, und abends wurde dieselbe Ausgabe online gestellt.

Lynnes Interesse wurde geweckt, als sie die Artikel vom Vortag las. Logischerweise behandelten sie die Ereignisse von Vorgestern, dem Tag ihrer Ankunft.

›Sohn ersticht Vater aus Eifersucht‹, stand auf der Titelseite geschrieben. ›Eine Tragödie spielte sich gestern im Haus der Krugers ab. Gegen Mittag saß die dreiköpfige

Familie wie jeden Tag am Esstisch und genoss das selbst zubereitete Mahl der Mutter, als plötzlich das Unerwartete geschah. Der elfjährige Junge erlitt nach einer hitzigen Diskussion mit dem Vater einen panischen Anfall, wie die Polizei die Aussage der Mutter wiedergibt, und rannte in die Küche, um ein scharfes Keramikmesser zu holen. Dieses rammte er ohne ein Anzeichen von Selbstbeherrschung in den Torso seines Vaters, der sofort zusammenbrach. Als dieser am Boden lag, hieb der Junge noch vier bis fünf weitere Male auf ihn ein, bis die entsetzte Mutter endlich einschritt. Der Mann erlag nur Minuten später den Folgen des Angriffes, noch bevor die Sanitäter eintrafen. Zurzeit wird der verwirrte Junge im Krankenhaus behandelt. Der eigentliche Grund für die Attacke ist ungewiss. Allerdings schien die Polizei der schockierten Mutter trotz ihres Schweigens eine Information entlocken haben zu können. Demzufolge soll der Junge zum Zeitpunkt der Tat wahnsinnig eifersüchtig auf den Vater gewesen sein, und geradezu besessen davon, die Mutter mit mehr Komplimenten zu überhäufen als es ihr Mann tat, den er wohl als Konkurrenten angesehen hatte. Wir halten Sie über die weiteren Geschehnisse auf dem Laufenden.‹

Auf der nächsten Seite war ein weiterer Artikel ähnlicher Art, bloß weniger tragisch.

›Immer wieder fordern Eltern, dass ein Zaun am Rand des Sudbaches aufgestellt wird, zumindest in dem Abschnitt zwischen Bushaltestelle und Wohnsiedlung, um Unfälle zu vermeiden. Möglicherweise werden nun endlich Schritte eingeleitet, nachdem sich am gestrigen Tag ein Kind beinahe schwer verletzte. Auf dem Weg nach

Hause gerieten fünf Schüler in einen Streit, in dessen Verlauf ein Mädchen einen Jungen den Abhang hinunterschubste. Obwohl ihr Kind sich nur einige Kratzer zuzog, dürften die Eltern bei ihrem Vorhaben, einen Zaun errichten zu lassen, nun nicht länger auf taube Ohren stoßen. Kommentare seitens der Verwaltung stehen noch aus.‹

Lynne schaltete den Laptop aus und begann zu grübeln. Ihre Annahme schien sich zu bestätigen. Sie hatte so etwas Ähnliches schon einmal erlebt. Mit ihren Partnern hatte sie einen Fall bearbeitet, bei dem etliche Täter impulsiv gehandelt und immer dasselbe Verhaltensmuster gezeigt hatten.

Auch Lynne fühlte sich, als hätte sich ihre Wahrnehmung verändert, seitdem sie in *Sin City* angekommen war. Vor ihrem Abstieg in diesem Motel hatte sie mit einem Tankwart und einem Wachdienstmitarbeiter aus dieser Stadt gesprochen. Vielleicht war ja einer von den beiden der gesuchte Übeltäter.

Vielleicht gab es hier einen Hypnotiseur.

›Mal sehen‹, dachte Lynne. ›Da hätten wir Depressionen, Angstzustände, Halluzinationen, erhöhte Gewaltbereitschaft und spontanes Auftreten von Müdigkeit, um nur ein paar meiner Empfindungen zu nennen.‹

Natürlich konnte es auch andere Erklärungen geben, aber diese Geschehnisse in *Sin City* hatten eine ziemlich große Ähnlichkeit mit den Ereignissen von vor acht Monaten, als Lynne und ihre Partner einen Hypnotiseur namens Cole gejagt hatten. In der Großstadt hatte er weitaus mehr Schaden angerichtet, als es in diesem ruhigen Städtchen jemals geben könnte, aber womöglich eignete sich ein solcher Ort mit etwas weniger Einwohnern besser als Spielwiese für Verrückte.

Damals waren die hypnotisierten Opfer zu Tätern geworden, hatten alles in Schutt gelegt. Für ein paar Wochen war die Stadt zu einem psychologischen Schlachtfeld geworden. Autos waren mit Vollgas in Fußgängerzonen gelenkt worden, Waffenliebhaber hatten mit ihren kostbaren Besitztümern um sich geschossen, Unternehmen hatten mit streikenden Arbeitern zu tun gehabt, Kinder waren völlig grundlos auf Erwachsene losgegangen. Sogar die Selbstmordrate war kurzzeitig gestiegen. Zudem war einer von Lynnes Partner damals ums Leben gekommen. Und das alles hatte eine einzige Person angerichtet – mithilfe von Hypnose.

Und vielleicht war *Sin City* nun ebenfalls in den Fängen eines Hypnotiseurs; keines gewöhnlichen, sondern eines wahnsinnigen, dem es Spaß bereitete, mit den Ängsten der Menschen zu spielen.

Hypnose bezeichnet grundsätzlich das Verfahren zum Erreichen und Halten und Auflösen eines Trancezustandes – eines überaus entspannten Wachzustandes, bei dem die Aufmerksamkeit des Probanden auf einige wenige Details gelenkt wird.

Man spricht von einer Tranceinduktion, leitet man einen solchen Zustand ein. Es wird Geborgenheit suggeriert, und meist wird dabei mit Monotonie gearbeitet. Vielversprechend sind visuelle und akustische Hilfsmittel, aber auch auf andere Sinne ausgerichtete Methoden können funktionieren. Hinterher wird der Zustand wieder gebrochen.

Dank der Hypnotherapie kann durchaus eine Vielzahl von psychischen Beschwerden behandelt werden; sogar Süchten kann man entgegenwirken. Bei vielen Patienten verschwinden chronische Schmerzen, und etliche suchen von sich aus Fachmänner auf, damit sie ihnen beim Stressabbau helfen.

Für gewöhnlich ziehen die meisten Menschen bei der hypnotischen Regression den Schlussstrich, metaphorisch zumindest. Manchen ist es wohl unangenehm, etwas zu tun, bei dem sie wenigstens theoretisch auf Ereignisse in der Kindheit zurückgreifen können – vor allem, wenn sie ein Fremder überwacht, der herausfinden will, wo diese oder jene Angewohnheit ihren Ursprung hat. Dass gewisse Personen behaupten, ihre Kunden sogar in frühere Leben eintauchen lassen zu können, lässt das Thema Hypnose auch nicht in einem seriöseren Licht erscheinen.

Und dann gibt es da noch diese bestimmten Individuen, die Hypnose schamlos ausnutzen, um weniger intelligenten (oder weniger willensstarken) Menschen Befehle zu erteilen. Ihnen Taten aufzuzwingen. Monströse Taten, von deren Ausführung sie nicht einmal geträumt hätten. Oder etwa doch? Wie sonst würde man zu solchen Taten überhaupt fähig sein? Nun, irgendwie scheint es in der Natur der Menschen zu liegen.

Ein renovierungsbedürftiges Stockwerk, irgendwo auf halbem Weg an die Spitze des Hochhauses. Überall standen Farbeimer herum, an den Wänden lehnten zudem nicht verwendete Stahlträger. Alles mit irgendwelchen Fetzen zugehangen, und außer den erbärmlichen Glühbirnen keine Lichtquellen.

Lynne war mit Matt gerade erst angekommen, Pete und Steve hingegen hielten sich hier schon seit mehreren Minuten auf. Wie ein demoliertes Fahrzeug, wie eine ramponierte Lore auf löchrigen Schienen, ratterte der Fahrstuhl langsam und stockend seinem Ziel entgegen, öffnete dann endlich die Türen, während ein Klingeln ertönte.

Sie verhielten sich wie echte Profis; sie waren ein eingespieltes Team – verständigten sich mit Fingerzeichen und gaben sich Deckung in jeder Position.

Als sie in den hinteren Bereich des Stockwerkes kamen, stieg Matt gerade über eine umgekippte Leiter, als Lynne Steve am Ende eines schmalen Ganges stehen sah. Er hatte Pete im Griff und zielte mit seiner Pistole auf dessen Schläfe.

»Ich habe ihn«, prahlte Steve mit voller Überzeugung. »Ich habe den Dreckskerl.«

Selbst wenn er den wahren Täter gefangen hätte, und nicht seinen Partner, hätte sich Steve vollkommen unprofessionell verhalten. Man nahm einen Straftäter nicht in den Schwitzkasten und drückte schon gar nicht seine Waffe gegen dessen Schädel.

»Steve, das ist nicht der Hypnotiseur!«, rief ihm Matt zu. »Das ist Pete, den du gepackt hast! Sieh ihn dir doch an!«

Was er dann auch tat. Er starrte in das panische Gesicht seines Partners und zuckte nur mit den Schultern, denn er war überzeugt, den Täter gefangen zu haben.

»Leg die Waffe auf den Boden«, befahl Matt mit sanfter Stimme.

»Aber warum denn?«, fragte Steve verwirrt. »Was ist denn mit euch los?«

In diesem Moment bemerkte Lynne eine Bewegung aus dem Augenwinkel.

»Da hinten!«, stieß sie aus.

Matt rannte los und stolperte dabei über mehrere Hindernisse, die auf dem Boden verteilt lagen. Aufgrund des (auf ihn seltsam wirkenden) Verhaltens seiner Kollegen lockerte Steve den Griff, und Pete befreite sich. Er machte sich davon, und sein Partner folgte ihm mehr oder weniger unschlüssig.

Kurz darauf hatten sich alle vier Polizisten aus den Augen verloren. Nichts Wünschenswertes.

Zumindest dauerte es nicht lange, bis Lynne Pete wiedergefunden hatte. Er war mitten in einer Rangelei mit dem Täter, was irgendwie unlogisch erschien. Hätte Matt ihn nicht viel früher erreichen müssen?

»Auseinander!«, schrie Lynne. »Ich werde schießen!«

Ein Bluff, denn kein Polizist würde das Risiko eingehen, jemand Unschuldiges zu verletzen. – was gerade in dieser Situation nicht unwahrscheinlich gewesen wäre, so wie Arme und Beine der beiden Kämpfenden fast miteinander verschmolzen.

Plötzlich wurde Lynne so fest von hinten gestoßen, dass sich ihr Finger um den Abzug schloss und sich ein Schuss löste. Während sie herumwirbelte, sah sie eine Faust auf ihren Kopf zurasen. Sie fiel der Länge nach hin.

Während sie am Boden lag und bei Bewusstsein zu bleiben versuchte, erkannte sie, dass es Matt gewesen war, der sie niedergeschlagen hatte. Weiteren Schaden konnte er ihr jedoch nicht zufügen, denn Steve stach ihm mit einem Schraubendreher in die Brust, und zwar mehr als einmal. Anscheinend standen sie beide unter Hypnose, waren beide von ihren eigenen Gedanken abgeschnitten.

Sobald Matt außer Gefecht war, rannte Steve auf den Haufen zu, der Pete und den Täter beherbergte. Lachend packte er sie beide am Kragen und sprang mit ihnen aus dem Hochhaus.

Es war Lynnes Kugel gewesen, die eines der Fenster hatte zerspringen lassen. Nun gab es ein Klirren, gefolgt von dem Prasseln von Splittern – aber eigentlich waren fast nur noch die Schreie der drei Männer zu hören, die fielen. Zwei Stockwerke unter ihnen befand sich eine Terrasse.

Nur eine kurze Pause, dann ertönte ein Schuss.

Dann war es tatsächlich still.

Vermutlich hatte sich der Hypnotiseur mit einer von den Polizisten fallengelassenen Waffe selbst gerichtet.

Matt kam ohne bleibende Schäden davon, war seit diesem Tag jedoch nicht mehr derselbe.

Pete landete im Rollstuhl und quittierte seinen Dienst.

Steve starb aufgrund innerer Blutungen.

Lynne war nichts geschehen. Außer, dass sie an diesem Abend drei Stunden lang unter der Dusche gestanden und geweint hatte.

Lynne schreckte hoch.

Sie war kurz in Gedanken versunken gewesen, und jetzt meldete sich der Hunger wieder. Aber sie hatte doch gerade erst gefrühstückt. Trotzdem, irgendwie grummelte es in ihrem Magen, so als hätte es seit Stunden kein einziges Häppchen mehr gegeben. Vielleicht sollte sie hinaus an die frische Luft und durchatmen.

Also schlüpfte sie in ihre widerstandsfähigen und eng anliegenden Sporthosen, die sie für den morgendlichen Lauf bei ihren Großeltern eingepackt hatte. In ihnen sah ihr Hintern zum Anbeißen aus, fand sie. Noch schnell einen steifen Büstenhalter und ein Sweatshirt angezogen, schon war sie bereit für Sport.

Mit großen Schritten durchquerte Lynne den Eingangsbereich des Motels und bemerkte dabei, dass die Rezeption immer noch verlassen (und ihr Frühstückstablett mit dem benutzten Geschirr unberührt geblieben) war.

›Ob es Jeremy gut geht? Hat ja ziemlich verstört gewirkt gestern. Hoffentlich tut er sich nichts an.‹

Schließlich öffnete Lynne die Tür und trat ins Freie.

Kalte Luft, aber nicht so kalt, dass es beim Laufen unangenehm sein würde. Von dem Schnee, der sich in den vergangenen Tagen noch hartnäckig gezeigt hatte, war fast nichts mehr übrig. Ein paar von den Plätzen, die die Sonne nicht erreichen konnte, waren immer noch von einer (dünnen löchrigen) weißen Decke überzogen, und am Straßenrand hatten sich weiße (größtenteils mit Schotter und Schlamm vermischte) Haufen versammelt, doch das war es mit dem Schnee.

Zum Aufwärmen lief Lynne im Stehen, indem sie ihre Knie weit nach oben zog. Danach dehnte sie ihre Gliedmaßen, stellte sich unter anderem breitbeinig hin und berührte abwechselnd die Zehenspitzen.

Anschließend lief sie los.

Es war ein entspannendes Gefühl, ein gewohntes. Auch wenn sie nicht Urlaub hatte, versuchte sie, mindestens fünf Mal die Woche eine halbe Stunde lang zu joggen. Es tat ihrem Körper gut, baute Stress ab. Nicht viele Tätigkeiten in ihrem Leben gaben ihr so ein Gefühl der Freiheit.

Zumindest war dieses Mal eine Sache anders. Nicht die übliche Strecke, sondern ein fremdes Städtchen, in welchem sie mal hier und mal da einlenkte. Einen kleinen Bach entlang, neben einer unbefahrenen Nebenstraße her, an einem hübschen Mehrfamilienhaus vorbei, direkt in die Stadtmitte.

Unbewusst war sie zu einem bekannten Ort gelaufen. Als sie am Park vor dem Polizeirevier ankam, war sie bereits über zwanzig Minuten unterwegs gewesen. Jetzt wurde sie langsamer, und nur zu einem kleinen Teil wegen der Hoffnung, möglicherweise Basil über den Weg zu laufen. Hauptsächlich jedoch verringerte sie ihr Tempo wegen des Kindes.

Dieses Kind schon wieder.

An derselben Stelle wie auch am Vortag.

Hier stand er nun, ein kleiner Junge mit einem Blick auf dem ausdruckslosen Gesicht, der tief in Lynnes Seele zu dringen schien.

Er hatte kurzes hellbraunes Haar, und seine starren Augen waren gräulich. Über seinen klein geratenen Körper hatte er einen dunkelgrünen Pullover und eine blaue Latzhose gezogen.

Ein sonderbarer Junge.

Kaum hatte Lynne ihn gemustert, da streckte der Junge auch schon die Hand aus.

Da war sie nun, diese ausgestreckte Hand, die wenig zu sagen schien. Was wollte der Junge von ihr? Er sah sie nicht einmal an, sondern starrte ins Nichts.

Lynne beschloss, ihre Hand in die seine zu legen. Sofort schlossen sich fünf kleine aber äußerst starke Finger um sie. Mit einer Kraft, die sie dem Jungen nicht zugetraut hätte, zerrte er sie mit sich.

›Keine Ahnung, ob das so vorteilhaft ist‹, grübelte Lynne in Gedanken. ›Ich bin eine fremde Frau für diesen Jungen und gehe mit ihm händchenhaltend die Straße entlang. Aber immerhin kann ich mich als Detective ausweisen. Und vielleicht braucht der Kleine ja Hilfe.‹

Also trottete Lynne dem Jungen hinterher. Sein Gang folgte keinem bestimmten Muster, denn es wirkte, als müsste er jeden Schritt neu berechnen. Als wäre es eine seiner schwierigsten Aufgaben.

Während sie so am Rand des Parks entlangliefen, bemerkte Lynne, dass im Gegensatz zum Vortag relativ viele Menschen unterwegs waren. Die Wege waren voller Spaziergänger, die Straßen voller Fahrzeuge. Alle schienen sie eilig irgendwohin kommen zu wollen. Doch das war nichts Ungewöhnliches. Wie viele Leute nahmen sich heutzutage auch schon die Zeit, einfach nur im Freien zu sein und nirgendwohin zu müssen?

Schließlich endete die ungewöhnliche Reise mit dem Jungen vor einem Fastfood-Restaurant, dem von Jeremy bereits erwähnten *Coolflame*. Ein großes Gebäude mit reichlich Platz für hungrige Kunden und einer Küche voll triefendem Fett.

Endlich ließ der Junge Lynnes Hand los. Doch er bewegte sich nicht vom Fleck, sondern schaute einfach in Richtung der breiten Glasschiebetür, hinter der man viele bunte Tische erkennen konnte.

»Sollen wir ... hineingehen?«, fragte Lynne zögernd. Es war ihr irgendwie höchst unangenehm, mit diesem ständig abwesend wirkenden Kind zu sprechen. Und es wurde noch unangenehmer, als sie auch nach einer geschlagenen Minute keine Antwort bekam.

Aber was blieb Lynne anderes übrig, als diesen Jungen in das Restaurant zu begleiten, da er allem Anschein nach irgendetwas von dort wollte? Vielleicht hatte er sich verirrt. Ob er einen der Mitarbeiter dieses Fastfood-Ladens kannte?

›Überhaupt nicht mein Geschmack‹, dachte Lynne, als sie auf die Glastür zuschritt. ›Dieses ganze widerliche Zeug, und dieser eklige Speck auf jedem zweiten Produkt.‹

Sie trat ein und steuerte unsicher auf den Verkaufstresen zu, den Jungen im Schlepptau. Ein penetranter Geruch lag in der Luft, und ein Lied von *Michael Jackson* drang aus den Lautsprechern.

I'm starting with the man in the mirror
I'm asking him to change his ways
and no message could have been any clearer
if you want to make the world a better place
take a look at yourself, and then make a change

»Was können wir Ihnen anbieten?«, fragte der jugendliche Mann, der die Bestellungen entgegennahm. Sein von einigen Pickeln befallenes Gesicht war dicklich, und ein kleiner Ketchupfleck befand sich unweit seiner trockenen Lippen.

Ein nerviges Gewirr aus erhitzten Stimmen erfüllte den großen offenen Raum, was unter anderem die Frage aufwarf, warum sich die Gäste nicht mehr auf das Essen als auf das Reden konzentrierten, doch der Grund für die vielen Stimmen war die schiere Menge an Gästen, so einfach war das.

›Achja, was ich dir noch erzählen wollte ...‹

›... ist nicht wahr. Echt jetzt? Erzähl keinen Scheiß!‹

Aber es waren nur unwichtige Gespräche; persönliches Gelaber.

»Zwei Mal den *Grand Texas Flame*«, antwortete Lynne automatisch. »Dazu eine große Cola, schön gekühlt.«

War es das, wofür sie hier war?

Achja, der Junge.

»Und ein Mal das Kindermenü, mit Pommes.«

Das Bestellen war keinesfalls schwierig. Auf den riesigen beleuchteten Tafeln waren die Speisen abgebildet. Selbst ein Kleinkind hätte eine Bestellung aufgeben können. Man musste nur sabbernd auf das gewünschte Gericht zeigen, und schon wurden die tiefgekühlten oder vorbehandelten Zutaten nach Wunsch des Kunden angeordnet.

Auf abgenutzte Schneidebretter sausten Küchenmesser hinab, und das machte *schrap-rap-rap-rap*.

Aus den Fritteusen wurden Metallkörbe mit Kartoffelspalten gehoben, und das machte *zsch-zsch-zsch-pfwsch*.

Es dauerte nicht einmal zwei Minuten, schon war das Tablett gefüllt. Lynne schnappte es sich und suchte einen freien Tisch, was gar nicht so einfach war. Schließlich ließ sie sich in der Nähe der Toiletten auf einem verschmierten Stuhl nieder.

›Wie unbequem diese Plastikdinger doch sind‹, dachte sie und rutschte mit ihrem Hintern auf der winzigen Sitzfläche herum.

Die nervigen Geräusche waren zwar leiser geworden, aber man konnte sie immer noch deutlich vernehmen.

›Was ich dir noch erzählen wollte ...‹, *zsch-zsch-zsch-pfwsch, schrap-rap-rap-rap,* ›... ist nicht wahr‹.

Und natürlich war da das Schlürfen, und eben auch das Schmatzen.

Sorgfältig packte Lynne ihre Tüte aus und überreichte dem Jungen, der sich gegenüber von ihr hingesetzt hatte, das für ihn bestellte Kindermenü.

Als sie das nächste Mal blinzelte, hatte sie bereits einen ganzen Burger verdrückt, wohingegen der Junge noch nicht einmal mit dem dritten Stückchen Kartoffel angefangen hatte.

Plötzlich spürte Lynne einen eigenartigen stechenden Schmerz im Hinterkopf.

Übertrieben langsam wickelte sie den zweiten Burger aus, diesen *Grand Texas Flame*, der auf dem (zweifellos fotomanipulierten) Bild über dem Verkaufstresen so unwiderstehlich ausgesehen hatte. Noch viel langsamer glitten Lynnes Finger zwischen das obere Brötchen und das triefende Fleisch – und was sie fand, war Speck.

Mit einer leisen Vorahnung drehte Lynne den Kopf.

In dem Restaurant war es rappelvoll. Tatsächlich hatten Lynne und der Junge die letzten freien Plätze ergattert. Alle Kunden – zwischen dreißig und vierzig Personen mochten es sein – hatten sich tief über die Tische gebeugt und schaufelten das Essen in sich hinein. Es gab keinen einzigen Menschen, der genüsslich und mit Ruhe aß.

Jetzt schien Lynne ihre Kraft zu verlieren. Der Burger rutschte ihr aus den Fingern, segelte durch die Luft und schlug am dreckigen Boden auf, wo er noch einen halben Meter vor sich hin rollte. Er landete direkt vor den Füßen einer älteren dunkelhäutigen Dame, die ihn misstrauisch begutachtete, bevor sie ihn (mitsamt dem von den Schuhen der Gäste hereingetragenen Matsch) aufhob und von ihm abbiss.

Und dann machte es Klick.

Lynne hatte es kapiert. Endlich verstand sie es. In diesem Städtchen war kein Hypnotiseur unterwegs, der einzelne Menschen zu willensschwachen Marionetten machte. Nein, ganz *Sin City* war das Opfer – jeder einzelne Bewohner war zu einer Verkörperung einer Sünde geworden.

Liebes Tagebuch!
Was auch immer ich mir eingefangen habe, ich scheine nicht der einzige zu sein. Das ist schon der dritte Tag, an dem ich mich so unausgeglichen fühle. Unausgeglichen, das liest sich, als wäre ich eine Frau an der Schwelle zu ihren Wechseljahren. Oder ein Mann in der Midlifecrisis. Diese Kopfschmerzen, diese Verspannungen, dieses andauernde Gefühl von Stress. Wie ich mich verhalte, wie ich mich gebe. Werde wegen jeder Kleinigkeit wütend. Kann keinen vernünftigen Gedanken mehr fassen. Gestern bin ich stundenlang auf der Couch gelegen. War sogar zu faul, um den Fernseher einzuschalten. Heute habe ich innerhalb von vier Stunden drei Pizzen gegessen. Kann mich kaum noch rühren, so vollgestopft bin ich. Wenigstens hat es mich nicht so schlimm erwischt wie den armen Kerl im Schnapsladen, der sich wortwörtlich zu Tode gesoffen hat.

Oder die aufgewühlte Dame, die all ihre Tabletten auf einmal geschluckt hat. Der Kerl liegt schon im Leichenhaus. Die Dame liegt noch im Krankenhaus. Irgendwie fange ich an zu glauben, dass die Vorfälle der letzten Tage irgendein Muster haben. Vielleicht liegt es am Wetter, vielleicht an verdorbenen Lebensmitteln. Wenn ich morgen ein paar Minuten erübrigen kann, werde ich der Sache auf den Grund gehen.

Ein so starker Stoß, dass das Glas im Rahmen bebte. Lynne war auf die Straße gelaufen, denn sie brauchte frische Luft – die sie sogleich in ihre Lungen sog. Natürlich war der Junge ihr nachgelaufen. Nun sah er sie mit fragendem Blick an.

›Verstehst du es endlich?‹, schien der Blick des Jungen zu sagen, aber sein Mund blieb geschlossen. Keine Worte aus der Kehle dieses Kindes.

Lynnes Gedanken wirbelten herum wie ein panischer Vogel im Maul eines Jägers, und sie wusste, dass ihre Gedanken genau so wenig Erfolg auf Freiheit hatten.

›Wie um alles in der Welt soll das funktionieren? Eine ganze Stadt – hypnotisiert!‹

Momentan gab es keine Erklärung, zumindest keine logische. Später würde Lynne das Ganze noch einmal in Ruhe überdenken.

Erneut sah sie den Jungen an, der immer noch regungslos neben ihr auf dem Gehweg stand. Seine Augen waren auf sie gerichtet, und doch trafen sich ihre beiden Blicke nicht. Als würde dieses Kind direkt ins Nichts schauen. Und dennoch etwas erkennen.

Und dann wurde Lynnes Aufmerksamkeit auf etwas anderes gelenkt. Unweit vom Rand des Parks, auf der gegenüberliegenden Seite der Ringstraße, tummelten sich Leute am Eingang eines kleinen einstöckigen Geschäftes und gestikulierten wild. Lynnes Neugier war geweckt, und sie bewegte sich darauf zu. Schon nach ein paar Schritten konnte sie lesen, was auf dem Schild über dem Eingang geschrieben stand.

›Klink Spirituosen‹, las Lynne und erschauderte. Ihr jäher Verdacht bestätigte sich, als sie beim Geschäft angekommen war und die Menge tuscheln hörte.

»Lassen Sie mich durch; Polizei!«, sagte Lynne laut. Noch bevor sie zu Ende gesprochen hatte, erinnerte sie sich, dass sie gar nicht im Dienst war – noch nicht einmal in ihrer Zuständigkeitszone, um genau zu sein. Trotzdem wichen sämtliche Schaulustige etwas zurück, sodass sie sich in das Innere des Spirituosenladens drängen konnte.

Ihr bot sich ein erschreckendes Bild.

Ein dicker Mann war in der Nähe einer Vitrine zusammengebrochen. Um ihn herum lag etwa ein Dutzend halb geleerter Flaschen, die allem Anschein nach mit hochprozentigem Alkohol gefüllt gewesen waren. Sogar in seiner Hand befand sich eine Flasche, allerdings war sie zersprungen. Es wirkte, als ob ihm das Öffnen zu lange gedauert und er schließlich aus Frust den Flaschenhals abgeschlagen hatte. Augen und Mund des Dicken waren weit aufgerissen.

»Einfach den ganzen Schnaps leergesoffen hat er, einfach so«, versuchte ein älterer Herr zu erklären. Dieser stand neben dem Toten und zitterte heftig. Vermutlich handelte es sich um den Inhaber des Ladens, und wahrscheinlich stand er unter Schock.

Seine Worte waren an die Ohren von Basil gedrungen, der gerade in diesem Moment den Raum betrat. Der junge Officer verharrte eine Sekunde beim Anblick des Leichnams, dann fasste er sich wieder.

»Was meinen Sie damit?«, fragte er, an den Inhaber gewandt. »Hat er randaliert? Hat er sich verletzt?«

»Keineswegs«, meinte der ältere Herr kopfschüttelnd. »Vor ungefähr zehn Minuten reingekommen ist er, und angefangen zu trinken hat er. Flasche um Flasche, in Sekundenschnelle, dann – plumps – zusammengebrochen.«

»Meinen Sie etwa, der Mann hat sich zu Tode getrunken?«, entfuhr es Lynne.

Basil drehte sich erstaunt zu ihr um.

»Ah, Sie sind auch hier? Haben Sie gesehen, was passiert ist?«

Er lächelte, wirkte aber ein wenig gestresst.

»Tut mir leid, ich bin gerade erst dazugestoßen«, meinte Lynne und errötete. War sie in der Nähe von Basil, begann es sofort in ihrem Bauch zu kribbeln. Anscheinend war sie wirklich in den hübschen Officer verknallt. Verknallt, so wie es Schulmädchen waren? Oder ernsthaft interessiert? Vielleicht beides.

Ihr Herz setzte einen Schlag aus, als sie plötzlich eine Gestalt im Boden des Geschäfts stecken sah. Eine fette Dame, wie ein gemästetes Vieh, mit Clownsschminke im aufgeblähten Gesicht und verrücktem Blick auf den Alkohol schielend. Eine skurrile Erscheinung ohne Hals, die beim nächsten Blinzeln schon wieder verschwunden war.

Aufgrund dessen, dass Lynne einen üblen Geruch erfasste, hätte sie sich beinahe übergeben. Was ging in ihrem Körper vor sich? Warum erschienen ihr überall diese merkwürdigen Figuren?

Nun spürte Lynne einen sanften Druck an ihrem linken Ellbogen und bemerkte, dass der Junge ihr vom Fastfood-Laden aus gefolgt war. Dieser grässliche Schauplatz war nun wirklich nichts für ein Kind, also ging sie mit ihm hinaus. Außerdem musste sich Basil sowieso auf seinen Job konzentrieren.

Am Rand des Parks war es ruhig. Nur Lynne und der Junge, sonst niemand.

Zusammen schlenderten sie zurück, die gesamte Längsseite des Parks entlang, bis sie wieder an der Straße vor dem Polizeirevier angelangt waren. Hier waren sie sich das erste Mal begegnet. Und hier verabschiedete sich der Junge auch. Er ließ Lynnes Hand einfach los und ging davon. Nach ein paar Schritten blieb er allerdings noch einmal kurz stehen und drehte sich um.

»Morgen um dieselbe Zeit hier, okay?«

Endlich Worte.

»Okay«, antwortete Lynne langsam, »na gut.«

Zweifelnd sah sie dem sonderbaren Jungen nach, wie er den Weg entlangschritt und schließlich zwischen irgendwelchen Häusern verschwand. Ob dieses Kind wirklich wusste, was in dieser Stadt vor sich ging? Immerhin hatte es sie in den Fastfood-Laden geschleppt, wo ihr das merkwürdige Verhalten der Bewohner aufgefallen war. Aber *was genau* ging hier eigentlich vor sich? Was war falsch mit dieser Stadt?

»Vielleicht sollte ich morgen wirklich noch einmal hierher kommen«, sagte Lynne zu sich selbst. »Und mir anhören, was der Junge zu sagen hat. Falls er gesprächiger wird.«

Inzwischen war es kalt geworden. Nein, die Temperaturen hatten sich nicht verändert, allerdings trug Lynne nichts weiter als ihr Sportoutfit, und außerdem hatte sie beim Essen geschwitzt, und natürlich spielte auch die Leiche keine unerhebliche Rolle, und das alles ließ sie frieren. Sie bemerkte, dass ihre Gliedmaßen steif geworden waren. Sie spürte, dass ihre harten Brustwarzen gegen den Büstenhalter drückten. Sie fühlte, dass ihr Unterleib pochte. Es ließ sie tänzeln, wie ein Kleinkind, das dringend pinkeln musste.

Als sich Lynne in Bewegung setzte, fragte sie sich, weshalb sie diesen Morgen nicht in das Auto gestiegen und weiter nach Norden gefahren war. Sie hatte sich eine Auszeit von der Arbeit genommen und bei ihren Großeltern entspannen wollen. Wer wusste schon, wie lange das alte Pärchen noch in seiner abgeschiedenen Hütte leben konnte, bevor es Schwierigkeiten mit alltäglichen Dingen bekommen würde? Vielleicht war dies die letzte Gelegenheit auf einen Besuch bei ihren Großeltern.

›Und was mache ich?‹, dachte Lynne verbittert. ›Wohl einigen Geistern nachjagen, ich weiß es nicht.‹

Sie wusste es tatsächlich nicht. Sie wusste nicht, dass sie in das Motel zurückkehren würde. Dass sie an diesem Tag nicht mehr in ihr Auto steigen würde. Außerdem wusste sie nicht, dass sie aus unerfindlichen Gründen bis zum Anbruch der Nacht etwa zweihundert Selbstportraits mit der Kamera ihres Mobiltelefons machen würde. Dass sie sich ausziehen und sich voller Selbstliebe begutachten würde. Dass ihr ihre Fältchen und Fettpölsterchen nichts ausmachen würden, sie sie sogar liebevoll streicheln würde. Dass sie den Spiegel im Badezimmer aus einer plötzlichen Eingebung heraus küssen würde. Dass sie ihn mit Ketchup und Mayonnaise beschmieren würde. Dass all dies viel Zeit in Anspruch nehmen würde, und dass die Zeit wie im Flug vergehen würde.

»Ich weiß nur, dass ich in nächster Zeit kein Fastfood mehr essen werde.«

Fünf Tütchen Pommesfrites und ein paar Stunden später schlief Lynne in Gedanken an Basil im Bett ihres Zimmers des heruntergekommenen Motels ein.

PROTOKOLL – SIN 04

›Zum vierten Mal bereits darf ich Sie begrüßen, meine Damen und Herren aus aller Welt! Ich habe mir bereits gedacht, dass nach drei Demonstrationen die ersten Verträge geschlossen werden. Und tatsächlich haben Sie mich nicht enttäuscht. Ich danke Ihnen vielmals für Ihr Vertrauen in unser Produkt. Fahren wir fort mit dem vierten von insgesamt sieben *SIN*.

Auch heute werfe ich eine Frage in den Raum. Was sagt Ihnen der Begriff *Wollust*? Nun, vielleicht denken Sie an Männer, die ihre Triebe nicht unterdrücken können, oder an Frauen, die ihren Körper anbieten. Eigentlich sollte Wollust keinem Tabu unterliegen. Immerhin ist es die Fortpflanzung, die es der Menschheit gewährt, weiterhin über diesen Planeten zu wandeln. Ohne Lust gäbe es kein Verlangen, und ohne Verlangen wären wir Menschen wohl schon längst ausgestorben. Aber leider setzt die Lust unser Denkzentrum lahm. Wie heißt es so schön? Wenn die Emotionen kochen, läuft die Logik auf Sparflamme.

Wenn Sie es mir erlauben, würde ich auch gerne über Ausschweifungen sprechen. Lust ist nämlich vielfältig und muss nicht zwingend etwas mit sexuellen Bedürfnissen zu tun haben. Genusssucht wird dies auch genannt; das Bedürfnis, einem lang gehegten Wunsch oder aber etwas Verbotenem nachzugehen. Es benötigt bloß einen winzigen Anreiz, und schon sind wir mitten im Geschehen. Gesetze werden gebrochen. Laster geboren. Und wie wir bereits wissen, ist es schwierig, schlechte Gewohnheiten wieder abzulegen.

Was begehren die Menschen? Meist etwas, das sie nicht haben können. Was sie bereits besitzen, erscheint ihnen entbehrlich. Studien haben gezeigt, dass unerfüllte Aufgaben eher im Gedächtnis bleiben als erledigte. Seltsam, oder? Als wolle unser Gehirn, dass wir fast ständig etwas Neues beginnen und diese Sache dann so schnell wie möglich abschließen. Immer weiter, immer weiter. Möglich, dass es unseren Versuchssubjekten genauso ergeht. Wer rastet, der rostet.‹

Lombard trommelte mit den Fingern auf dem schmalen Tisch herum. Seine Beine hämmerten auf den Boden, als wäre er mitten in einem Marathon. Als er schlucken wollte, erstickte er beinahe an seiner eigenen Spucke. Nervös blickte er zu dem in Plastik eingeschweißtem Päckchen Zigaretten.

Langsam legte er seine Hand auf das Zigarettenpäckchen. ~~Du darfst das nicht, verstanden? Du hast bereits drei Wochen durchgehalten. Wenn du jetzt rückfällig wirst, kannst du deiner Schwester nie wieder in die Augen blicken. Und sie wird es wahrscheinlich überall herumerzählen.~~

»Huuiii«, tönte es aus dem Wohnzimmer. Fast schreckhaft schlug Lombard nach dem Zigarettenpäckchen, und es schlitterte quer über den Tisch direkt in seinen Schoß. Als seine Nichte das Zimmer betrat, hatte er das Objekt seiner Begierde bereits in der Tasche seiner Weste verschwinden lassen.

»Na?«, machte Lombard und grinste unschuldig. »Hast du Hunger?«

»Ohja«, machte seine Nichte und wedelte mit den Armen. »Mach mir Würstchen!«

~~Lombard musste wieder schlucken. Was war das plötzlich? Noch nie hatte seine Nichte so erwachsen ausgesehen. Sie reichte ihm kaum bis zur Hüfte, aber mit diesem kurzen Röckchen und dem Spaghettiträgertop wirkte sie adrett, vorsichtig ausgedrückt. Außerdem musste sie sowieso nur zur Hüfte reichen, wenn sie von seinem Würstchen naschen wollte.~~

Ruckartig schnellte Lombard hoch. ~~Was waren das für Gedanken? Gefährliche Gedanken!~~ Er packte seine Nichte am Arm und schleifte sie durch das Zimmer. Bevor sie überhaupt reagieren konnte, hatte er sie bereits in den Gang vor der Wohnung gezerrt. Als sie ihn verwirrt und zugleich erschrocken anblickte, verpasste er ihr eine Ohrfeige, und sie fiel die Stufen der Treppe hinunter.

»Verschwinde!«, rief Lombard und übertönte das nervige schrille Geschrei seiner Nichte. »Geh zu deiner Mutter und komm mir nie wieder in die Quere!«

Fünf Minuten später lag Lombard nackt in seinem Bett. Er hatte sich selbst befriedigt. Auf seinem Handy hatte er nach Bildern minderjähriger Mädchen gesucht. Zwischen seinen Fingern steckte eine angezündete Zigarette. ~~Oh, so schnell konnte alles den Bach hinuntergehen. Egal, seine Schwester hatte er bereits enttäuscht. Wenigstens hatte er seine Nichte nicht misshandelt. Das wäre der Super-GAU gewesen. Aber angefangen zu rauchen hatte er. Also hatte er sich selbst enttäuscht. Wie auch immer. Der Tag war noch nicht zu Ende. Zeit, etwas Spaß zu haben. Aber wie hoch würde das Risiko sein?~~

Grinsend hob Lombard den Kopf, wie ein Raubtier, das Beute gewittert hatte. ~~Möglicherweise lag seine Nichte immer noch heulend am Ende der Treppe, aber zumindest konnte sie noch nicht bei sich zuhause angekommen sein. Wenn er sie bewusstlos schlug, konnte er sich an ihr vergehen, und vielleicht würde nie jemand davon erfahren. Es musste ja keine vaginale Penetration sein. Verdammt, es würde schon genügen, wenn sie einfach nur reglos vor ihm lag. Nackt, wohlgemerkt.~~

Wie ein Wirbelwind stürmte Lombard aus seiner Wohnung und hechtete die Treppen hinunter. Schon beim zweiten Schritt rutschte er aus und stürzte. Sein ansonsten so unverwüstlicher Körper schlug ein paar Mal auf, dann blieb er leblos am unteren Ende des Treppenhauses liegen.

~~Heute noch wirst du mit mir im Paradies sein.~~

LUXURIA

Ein Kribbeln in ihrem Unterleib weckte Lynne lange vor der Zeit, welche sie an ihrem Wecker eingestellt hatte. Es war ein Verlangen, tief in ihr. Sie kannte diese Art von Kribbeln und wusste, dass es aufgrund der Intensität keinen Aufschub duldete.

Noch im Halbschlaf trat sie mit ihren Beinen die Decke (und auch ein paar Pommes-Tütchen) aus dem Bett und arbeitete sich dann rutschend an das Fußende vor. Dort griff sie nach dem Laptop und hob ihn zu sich auf die (mit Ketchup und Mayonnaise besudelte) Matratze, bevor sie ungeduldig darauf wartete, dass er den Startprozess hinter sich brachte und einsatzbereit war.

Während sie sich durch die Ordner klickte, biss sie sich mit den Zähnen auf die Unterlippe und dachte nach. Nach dem letzten Tag wusste sie ganz genau, was sie heute erwartete. Aber in ihrem wie mit Wolken verhangenen Kopf gab es keinen einzigen vernünftigen Gedanken, sondern nur ein Verlangen nach Befriedigung.

Draußen war es noch dunkel. Egal, nur der Laptop zählte. Vermutlich würde der sonderbare Junge gegen Mittag auf sie warten. Egal, nur die Datei zählte. Vielleicht würde es ein spontanes Treffen mit Basil geben. Egal, nur das Kribbeln zählte. In diesem Zimmer war sie ganz allein, nur sie und ihr Verlangen.

›Komm schon, komm schon!‹

Endlich hatte Lynne die Datei gefunden. Diesmal brauchte sie nicht auf ihre Lieblingsszene zu warten. Mit den Fingern in den Shorts benötigte sie nicht einmal zwei Minuten bis zum Orgasmus.

Doch es war noch lange nicht vorbei. Das wohlige Kribbeln wurde heftiger und zwang sie, ihren Pyjama gänzlich auszuziehen. Kurz darauf stand sie unter der Dusche und ließ sich vom prasselnden Wasser massieren.

›Das fühlt sich gut an. Vielleicht — nein, egal, weiter.‹

Selten zuvor hatte Lynne derartige Höhepunkte erlebt. Sie japste nach Luft (›Jaah!‹), griff sich an die Brust (›Oh, Gott!‹), hatte Angst zu sterben (›Scheiße!‹). Trotzdem ließ sie ihre unermüdliche Hand immer wieder zwischen die Beine gleiten. Mehrere Male spielte sie mit ihren Brustwarzen, wobei sie immer wieder den Druck erhöhte, bis sie sich selbst Schmerzen zufügte. Gegen Ende weinte sie unkontrolliert und ließ ihren heftig zitternden Körper einfach zu Boden sinken.

›Ich ... kann nicht mehr.‹

Als alles vorbei war, blieb sie noch mehrere Minuten erschöpft auf den glitschigen Fliesen liegen. Dann kehrte sie in das Zimmer zurück. Ein schneller Blick auf die Uhr verriet ihr, dass seit ihrem Erwachen beinahe drei Stunden vergangen waren. Schockierend; es war ihr bloß wie ein äußerst kurzer Ausflug ins Paradies vorgekommen.

Lynne setzte sich auf das Bett und überlegte. Es gab keinen Zweifel; heute musste der Tag sein, an dem die Menschen dieser Stadt der Sünde der Wollust ausgeliefert waren. Warum, das musste sie noch herausfinden.

Als Lynne aus dem Zimmer in den Flur trat, konnte sie das Geräusch schlurfender Schritte vernehmen. Wie vermutet hatte Jeremy dieses Geräusch verursacht, der nun schwer keuchend hinter dem Tresen stand, mit hochrotem Kopf und aus den Hosen hängenden Hemdzipfeln.

Bei diesem Anblick fuhr auch Lynne sofort die Schamesröte ein. Ob sie etwa so laut gestöhnt hatte, dass man es hier draußen mitbekommen hatte? Wahrscheinlich, denn immerhin waren die Wände so dünn wie Papier, beinahe jedenfalls. Ob sich Jeremy möglicherweise vor ihrer Tür positioniert und sich selbst befriedigt hatte? Tja, vermutlich, und warum auch nicht, denn er war immerhin jung und befand sich in derselben Situation wie jeder andere Bewohner dieser verdammten Stadt auch.

»I-Ihr Frühstück ist f-fertig«, stammelte Jeremy und zeigte auf ein Tablett, das genauso aussah wie das am Tag zuvor. Abwechslung konnte man sich in diesem Motel also nicht erwarten. Aber der junge Rezeptionist gab sich wenigstens Mühe, also meistens.

Anscheinend war der Einfluss dieser Sünden, die diese Stadt heimsuchten, nicht so groß, dass man sich beim Anblick des anderen Geschlechts gleich die Kleidung vom Leib riss – selbst wenn man ein fünfundzwanzigjähriger Mann mit (möglicherweise) steifem Penis war, keine zwei Meter von einer attraktiven Frau (mit leichter Bekleidung und feuchtem Haar) entfernt. Zumindest etwas Positives an dieser verrückten Sache.

Kommentarlos schnappte sich Lynne das Tablett, warf Jeremy einen wütenden Blick zu und kehrte auf ihr Zimmer zurück.

›Was zum Henker läuft in dieser beschissenen Stadt bloß falsch?‹, schrie sie innerlich.

Sie setzte sich auf das Bett und biss von ihrem Croissant ab. Dabei fiel ihr auf, dass es eben doch einen Unterschied zum gestrigen Frühstück gab. Neben dem Glas Orangensaft lag ein Donut, wo am Vortag nur ein Abdruck gewesen war. Also hatte Jeremy tatsächlich etwas von ihrem Tablett geklaut? Zumindest würde diese Aktion zu der Sünde der Völlerei passen. Aber was veranlasste die Menschen dieser Stadt, so zu handeln? Vielleicht sollte man Hypnose nicht gleich ausschließen.

Lynne fuhr sich mit den Händen durch die feuchten Haare und seufzte.

›Lass ihn, der arme Kerl kann nichts dafür. Glaube ich.‹

Noch einmal zurück an den Laptop.

Wie am Vortag besuchte Lynne die Internetpräsenz der Zeitung, *Sin Today*, um nach Hinweisen zu suchen. Es gab auch eine Auffälligkeit, und zwar in der *Timeline* betitelten Sektion, in der man das Datum einstellen konnte. Ein Tag fehlte. Zunächst dachte Lynne an einen Zufall oder einen sich wiederholenden Umstand, doch weit gefehlt. Auch wenn man die Zeitleiste weit nach oben scrollte, es fand sich keine weitere Lücke.

Als der Mittelfinger über dem Touchpad irgendwann zu schmerzen begann, kniff Lynne die Augen zusammen. In den letzten drei Jahren war es wirklich nur ein einziges Mal vorgekommen, dass die Zeitung ausgesetzt hatte. Und das war genau an ihrem zweiten Tag hier in der Stadt geschehen. Jener Tag, an dem der Fahrer des Kleinbusses eingenickt war und sie beinahe frontal erfasst hätte.

Demzufolge hatte der Eigentümer der Zeitung zwar ein Exemplar in der Nacht von Tag Eins auf Tag Zwei herausgebracht, aber am zweiten Tag keine Energie gehabt, eine Ausgabe zu erstellen.

Trägheit, eine weitere Sünde.

Es passte zusammen. Langsam fügten sich die Puzzleteilchen aneinander.

Doch noch gab sich Lynne nicht zufrieden. Sie wollte weiter recherchieren. Es gab zwar keine neuen Ausgaben, weil jene von Tag Vier mit Artikeln zu Tag Drei erst abends online gestellt wurde, allerdings gab es noch einen persönlichen Blog der jungen selbsternannten Journalistin.

Auf diesem Blog, der auf ihrem Autorenprofil verlinkt gewesen war, konnte man in Erfahrung bringen, was in der heutigen Ausgabe stand.

›Stadt von Hungergefühl überwältigt. Mann ersäuft sich in Schnapsladen. Frau wird wegen Überdosis eingeliefert. Kind verspeist Papagei. Polizei zeigt sich verzweifelt.‹

Völlerei, wie vermutet.

Zufälligerweise hatte die ganze Sache mit diesen Sünden an dem Tag angefangen, an dem Lynne nach *Sin City* gekommen war. Wenn man den heutigen Tag mitrechnete, waren es nun schon vier Sünden.

Eifersucht, Trägheit, Völlerei, Wollust.

Was fehlte noch?

Habgier, Hochmut, Zorn.

Ob es auch so wenige Todesopfer geben würde, wenn Zorn in der Stadt wütete?

Lynne erschauderte.

Nachdem ihre Haare getrocknet waren, stellte sich Lynne in das Badezimmer. Als sie einen Schluck Wasser zu sich nehmen wollte, zwang sie ihren Körper zum Stillstand.

Was, wenn das Leitungswasser dieser Stadt verseucht war? Vielleicht ein Unfall, mit irgendwelchen Präparaten? Möglicherweise sogar Absicht, von einem korrupten Unternehmen? So etwas gab es immer wieder, oder? Dass Bewohner eines Ortes einer schädlichen Wirkung ausgesetzt waren. Das hatte es schon gegeben. In der Realität. Zumindest ein paar Mal. Von den Unmengen an abgedroschenen fiktiven Handlungen solcher Art in Romanen und Spielfilmen einmal abgesehen.

Aber was war die Alternative? Lynne konnte nicht komplett auf das Leitungswasser verzichten. In ihrem Zimmer konnte sie keine Fertigprodukte zubereiten, und die Restaurants in der Stadt benutzten wohl ebenfalls hiesige Ressourcen. Theoretisch könnte man sich rein von Konserven ernähren, gab es keine andere Möglichkeit – doch war das tatsächlich notwendig?

Nun, genauso gut konnte es die Luft sein, oder irgendein elektromagnetisches Signal, oder was auch immer. Alles (und nichts) konnte Auslöser für das seltsame Verhalten der Bewohner in *Sin City* sein. Das war jetzt allerdings erstmal egal.

Lynne schminkte sich selten; hatte es seit Wochen nicht mehr getan. Immerhin sah sie auch ohne Rouge und Mascara hübsch aus. An diesem Tag trug sie allerdings ein wenig Lippenstift auf. Falls man es überhaupt Lippenstift nennen konnte, denn vielmehr handelte es sich dabei um einen mit Farbstoffen angereicherten Pflegebalsam.

Zurück im Zimmer zog sich Lynne ihre liebsten Jeanshosen an, äußerst bequem und trotzdem vorteilhaft geschnitten. Außerdem entschied sie sich für einen dünnen Pullover, einen beigefarbenen.

›Wie spät ist es?‹

Fast schon Mittag.

Es wurde langsam Zeit, sich mit dem sonderbaren Jungen zu treffen.

Also machte sich Lynne bereit. Mit kleinen Schritten entfernte sie sich vom Motel und folgte dem Weg in Richtung Park.

Sie begegnete nur wenigen Menschen, aber allesamt drehten sich nach ihr um, so als ob sie sexuelles Interesse zeigten. Bloß merkwürdig, dass es keinen Unterschied zwischen Männern und Frauen zu geben schien. Egal welches Geschlecht oder Alter, alle sahen sie Lynne hinterher. Man konnte es ihnen nicht verübeln.

Erleichterung kam auf, als Lynne endlich das Revier erblickte, doch ihre Gefühlslage änderte sich schnell, denn der Platz vor dem Park war leer. Kein Junge zu finden.

Es war äußerst verstörend, als erwachsene Frau auf einen Knirps zu warten, mit dem man nicht mehr als einige wenige Worte gewechselt hatte. Aber Lynne hätte ihre gesamten Ersparnisse darauf verwettet, dass dieses Kind ein paar wichtige Informationen besaß. Vielleicht wusste es ja sogar, wer (oder was) hierfür verantwortlich war. Verantwortlich dafür, dass eine ganze Stadt durchdrehte. Dass Menschen starben.

Minuten verstrichen, doch der sonderbare Junge tauchte nicht auf.

›Morgen um dieselbe Zeit hier, okay?‹, hatte er gesagt.

Aber es war eben nur ein Junge, und vielleicht war ihm sein Versprechen bereits wieder entfallen.

›Tick-Tack‹, dachte Lynne und schob ihre Unterlippe vor, um eine Mischung aus Enttäuschung und Langeweile auszudrücken. ›Wenn ich nur ein kleines bisschen Hausverstand hätte, hätte ich schon längst aufgegeben.‹

Und doch ließ sie sich auf einer Parkbank nieder und wartete. Irgendwie spürte sie, dass der Junge nicht auftauchen würde. Dass man auf jemanden wartete, bedeutete nicht, dass dieser Jemand auch kam. Aber manchmal konnte es befriedigend sein, auf jemanden zu warten, beruhigend, friedlich, und dies war ein guter Platz dafür.

Lynne wartete eine ganze Stunde; vergebens.

Schließlich erhob sie sich von der Bank und drehte sich einmal im Kreis, nachdenklich. Auf gut Glück marschierte sie in jene Richtung, in die auch der Junge am Vortag gegangen war. Ungefähr zwei Gebäude hatte er hinter sich gelassen, dann war er rechts abgebogen. Aber in welcher Gasse war er verschwunden? Lynne warf einen prüfenden Blick in die erste, schlüpfte jedoch in die nächste.

Es handelte sich um eine winzige Gasse zwischen zweistöckigen Gebäuden, und sie schien zu einer Art Innenhof zu führen. Von nirgendwo her drangen Geräusche; es war angenehm ruhig. Unkraut wucherte am Wegrand.

Auf diesem schmalen Weg fühlte sich Lynne eigenartigerweise wohl. Sie hatte noch nie Probleme mit engen Räumen gehabt. Je weniger Platz zur Verfügung stand, desto besser konnte man eine Situation abschätzen – das war zumindest in ihrem Beruf schon einige Male der Fall gewesen. Auf einem engen Raum konnte man alles mit Leichtigkeit unter Kontrolle bringen.

Kaum war Lynne um die nächste Ecke, bekam sie einen Schlag auf den Hinterkopf.

Nicht alle Reize konnten gleichzeitig verarbeitet werden. Anfangs spürte Lynne nur, dass sie auf dem Rücken lag. Danach drang das durchgehende Brummen eines Auspuffes zu ihr durch. Als nächstes folgten Geruchssinn und Geschmackssinn. Sie roch Abgase und schmeckte Blut. Schließlich gelang es ihr, die Augen zu öffnen. Erst dann war sie wieder bei vollem Bewusstsein.

Lynne stöhnte, als sie sich aufsetzte, und sofort wurde ihr schwindelig. Mit einem Griff an den festen Gegenstand neben sich versuchte sie, nicht gleich wieder umzukippen.

Es dauerte eine Weile, bis ihr Gehirn die Umgebung analysieren konnte. Das nervige Geräusch schien von einem Kleintransporter zu kommen, auf dessen (dreckiger) überdachter Ladefläche sie lag. Und neben ihr befanden sich einige verpackte Kondome sowie ein Seil.

Entsetzt schreckte Lynne hoch.

Sie horchte in sich hinein. Keine Schmerzen, außer dem Pochen im Kopf. Anscheinend hatte noch kein Übergriff stattgefunden.

Bevor sie sich die Frage stellen konnte, wer sie eigentlich niedergeschlagen hatte, tauchte auch schon das Gesicht des Übeltäters zwischen den beiden Türklappen des Fahrzeuges auf.

Ein ziemlich durchschnittliches Gesicht auf einem ziemlich durchschnittlichen Körper, mit dunklem kurzrasiertem

Haar und einem Ring im Ohrläppchen; eingefärbt wie eine Olive, sodass man annehmen konnte, es stamme möglicherweise aus Indien oder benachbarten Ländern.

Wie dämlich der Ausdruck jenes Gesichtes in diesem Moment doch war. Es wirkte wie das Antlitz einer Schildkröte, welche planlos über einen rutschigen Untergrund schlitterte. Man hätte beinahe darüber lachen können.

»Scheiße«, sagte der potenzielle Vergewaltiger.

Es war wie ein Startschuss. Sofort wurde Lynnes Körper mit Adrenalin durchflutet, und sie sprang auf. Während der Krötenmann in den Transporter zu steigen versuchte, trat sein Opfer nach ihm. Da es gezielte Tritte waren, reichten zwei davon aus, um den Krötenmann rückwärts aus dem Fahrzeug zu werfen.

Instinktiv stürzte sich Lynne aus dem Wagen und ihrem Peiniger hinterher. Als dieser sich gerade aufrappelte, fiel sie ihn an und schnappte sich seine Beine, sodass er nicht davonlaufen konnte. Mit einem Griff an den Kragen seiner Windjacke und einigen Verrenkungen zwang sie ihn in eine kauernde Position, um auf ihn steigen zu können.

Nun schien auch der Krötenmann den Schrecken überwunden zu haben. Anstatt sich hilflos auf dem Boden zu wälzen, rollte er einmal ruckartig herum und schlug Lynne direkt in das Gesicht. Seine geübte Faust traf ihren Kiefer mit voller Wucht, woraufhin ihr Kopf nach hinten gerissen wurde.

Mit einer schnellen Bewegung hechtete der Krötenmann seinem Opfer hinterher und packte es am Hals. Grinsend drückte er zu.

Lynne krächzte und bekam Atemnot.

Es wäre ihr Ende gewesen, hätte dieser Tag nicht im Zeichen der Sünden gestanden. Anstatt sein Opfer zu erwürgen, lockerte der Krötenmann seinen Griff einen Augenblick lang. Ganz kurz, um abzuwägen, ob er sich lieber an einer lebendigen Frau oder aber an einer Leiche vergehen sollte. Um nachzudenken, welche Stellung er einnehmen würde, damit er die ganze Pracht des runden Hinterteils in sich aufsaugen konnte. Dieser kurze Augenblick reichte Lynne, um auszuholen und zuzuschlagen.

Als Lynne sich ein weiteres Mal über dem Krötenmann positionierte, konnte sie kaum klar denken. Sie presste ihre Finger auf seinen Kehlkopf und drückte zu.

Irgendwie war es schrecklich einfach gewesen.

Mehr als zehn Minuten saß Lynne neben dem Toten, um nachzudenken. Sie hatte getötet, da gab es nichts schönzureden. Nun, zumindest war es Notwehr gewesen, oder? Wie würde sie damit umgehen? Ob sie in Verzweiflung stürzen würde, genauso wie damals, als das mit dem Hypnotiseur passiert war? Irgendwann nervte sie der Auspuff so sehr, dass sie aufstand und davonhumpelte.

Lynne nahm einige Abzweigungen und gelangte schließlich in den Innenhof, in dem sie bewusstlos geschlagen wurde. Wankend steuerte sie auf die enge Gasse zu.

Ihr Herz setzte einen Schlag aus, als sie plötzlich eine Gestalt im Gras des Hofes liegen sah. Eine dralle aber sinnliche Dame, wie eine zur Empfängnis bereite Hure, in ein wunderschönes Negligee verpackt und die mit Kratzern übersäten Schenkel spreizend. Eine aufreizende Erscheinung ohne Lider, die die beim nächsten Blinzeln schon wieder verschwunden war.

Aufgrund dessen, dass Lynne ohnehin angeschlagen war, wäre sie um ein Haar auf den Boden des Innenhofes gestürzt. Was ging in ihrem Körper vor sich? Warum überkamen scheinbar nur sie diese Wahnvorstellungen?

Langsam, immer einen Schritt vor den anderen setzend, stapfte Lynne durch die Stadt. Ihr Ziel war das Motel. Doch als sie endlich dort angelangt war, öffnete sie nicht dessen Eingangstür, sondern blieb an ihrem Auto stehen.

Matts Apartment hatte sich verändert. Lynne hatte ihren Kollegen zuvor schon ein paar Mal besucht. Einmal hatte seine Geburtstagsfeier hier stattgefunden, und einmal hatten sie zu viert den Superbowl verfolgt – obwohl Lynne Rugby mehr mochte als Football, denn es war wesentlich rauer, aufregender. Früher waren viele kleine dekorative Gegenstände herumgestanden. Es hatte viel Licht und einige Pflanzen gegeben. Jetzt gab es stattdessen Berge voller Schmutzwäsche, und die Pflanzen waren aufgrund der zugezogenen Jalousien eingegangen.

Drei Monate waren seit dem Vorfall mit dem Hypnotiseur vergangen. Genug Zeit für einen Polizisten, wieder in den Dienst zurückzukehren. Wieder seinen Groove zu finden, wie man so schön sagte. Aber Matt war nicht zurückgekehrt.

Lynne hatte sich auf dem Ledersofa niedergelassen. Es war ihr unangenehm gewesen, ihren Kollegen in dieser Verfassung zu sehen. Er war ein Schatten seiner selbst gewesen. An seinem Körper hatte ein Morgenmantel geklebt, in seiner zittrigen Hand hatte sich ein Glas mit Bourbon befunden.

»Wie war Steves Beerdigung?«, hatte Matt gefragt, frei-heraus.

»S-schön«, hatte Lynne gesagt, doch dabei hatte sie mit den Schultern gezuckt, und wie sie das Wort stammelnd hervorgepresst hatte, hatte ihrem bitter grinsenden Ge-genüber den Eindruck gegeben, es wäre überhaupt nicht ›schön‹ gewesen. »Pete ist auch gekommen.«

»Kann er wieder laufen?«

»Er ist mit dem Rollstuhl dort gewesen. Man könnte sa-gen, er nimmt mehr Anstrengungen auf sich als du.«

»Pah!«, hatte Matt gemacht und sein Glas in einem Zug geleert. Dann war er vom Sofa gesprungen und hatte sich bedrohlich vor Lynne aufgerichtet.

»Matt, versteh–«

»Halt die Klappe, Lynne, bitte«, hatte Matt geflüstert, und Tränen waren ihm (wie bei einem Kleinkind) über das Gesicht gekullert. »Wenn du weitermachst, in Ordnung, dann mach weiter. Aber ich, ich werde jetzt aufhören. Für immer, okay?«

Das war nicht mehr Matt, der vor Lynne stand, sondern ein kaputter Mann – als wäre ein Spiegel mit Matts Spie-gelbild darin zu Bruch gegangen. Und wer würde sich mit einem zerbrochenen Spiegel abgeben? Es gab nicht viele Menschen, die an einer Scherbe festhalten würden. Nein, nur sehr wenige Menschen würden die Scherben auf-sammeln und den Spiegel reparieren. Warum eigentlich? Immerhin konnte man sich noch immer darin spiegeln.

In gewisser Weise hatte Lynne nicht einen Kollegen ver-loren, sondern drei.

Keine Geburtstagsfeier mehr. Kein Superbowl mehr.

Lynne hatte sich geschworen, nie wieder eine ihr wichtige Person zu verlieren. Und wenn es bedeutete, die Scherben aufzusammeln, dann war es eben so. Wenn es bedeutete, sich an den scharfen Kanten schneiden, dann war es eben so. Wenn es bedeutete, etwas Blut zu vergießen, dann war es eben so.

Ein erneutes Schwindelgefühl suchte Lynne heim, als sie hinter dem Steuer in ihrem Wagen saß. Irgendwie hatte sich der Weg zurück zum Motel so endlos angefühlt, als wäre sie stundenlang herumgeirrt. Und nun war sie im Begriff, von hier zu verschwinden.

Schlüssel hatte sie bei sich. Auch die Geldbörse, und demzufolge alle Ausweise. Nur noch Gewand und Laptop lagen noch im Zimmer, genauso wie die Pistole.

Lynne startete das Auto, betätigte den Schalthebel und fuhr dann rückwärts vom Parkplatz. Ihre Zweifel wurden größer, je weiter sie sich vom Motel entfernte, doch sie ließ ihren Fuß auf dem Gaspedal.

Auf der Straße, die quer durch das Städtchen führte, war so gut wie nichts los. Freie Bahn also. Niemand, der Lynne aufhalten konnte.

Ihre Finger waren krampfhaft um das Lenkrad geschlungen. Ihre Brust bebte. Sie zitterte am ganzen Körper; es war kaum auszuhalten.

›Weg von hier, einfach weg!‹, dröhnte es in ihrem Kopf.

Erst jetzt bemerkte Lynne, dass die Sonne ungewöhnlich tief stand und beinahe schon den Horizont berührte. Sie war doch kurz nach Mittag zum Park gegangen. Und war etwa siebzig Minuten später niedergeschlagen worden.

Wie lange war sie bewusstlos gewesen, wenn es jetzt schon zu dämmern begann? Was hatte der Mann, der durch ihre Hand gestorben war, bloß getrieben? Irgendetwas musste geschehen sein. Mehr als nur ein kleiner Standortswechsel von einem Innenhof auf die Ladefläche eines Transporters, oder etwa nicht?

Spätestens als Lynne auf der nächstgelegenen Autobahn war und auf wahnwitzige Geschwindigkeit beschleunigte, färbte sich der Himmel golden. Wie grell die Sonnenstrahlen doch waren. Sie verwirrten sie. Versuchten, sie in die Irre zu führen.

›Ich weiß nicht, ich weiß nicht.‹

Um sich auf die Straße konzentrieren zu können, klappte Lynne den Blendschutz herunter. Dann fummelte sie am Radio herum, damit ihre Gedanken unter der Musik verblassen konnten. Die meist aberwitzige Wahl des Zufalls fiel dabei auf *Bonnie Tyler* und einen Text voller Schuld.

together we can take it to the end of the line
your love is like a shadow on me all of the time
I don't know what to do and I'm always in the dark
we're living in a powder keg and giving off sparks
I really need you tonight
forever's gonna start tonight

Es war wie in einem Rausch, in dem die Wahrnehmung verrückt spielte. Schon bald hatte Lynne sowohl Zeitgefühl als auch Orientierung verloren.

Liebes Tagebuch!
Zu meiner eigenen Sicherheit werde ich mich für den Rest des Tages zuhause einsperren und schon früh abends zu

Bett gehen. Oder zur Sicherheit der anderen. Ich kann es nicht glauben, dass ich mich heute fast an einem fünfzehnjährigen Mädchen vergriffen hätte. Ich sollte aufpassen, was ich schreibe. Nein, ich lasse das stehen. Ich habe mir nichts zu Schulden kommen lassen. Morgen werde ich noch einmal in Ruhe diese Worte lesen, um zu begreifen, was momentan mit meinem Hirn vor sich geht. Aber eine Fünfzehnjährige, verdammt noch mal. Sie hat mit ihren übereinandergeschlagenen Schenkeln so unglaublich verführerisch ausgesehen. Und sie hat mich angezwinkert. Hat es mit Absicht gemacht. Sich vornübergebeugt, damit ihre Brüste direkt vor meiner Nase baumeln. Kleine unausgereifte Brüste, spitz und fest. Sie ist bestimmt noch Jungfrau, oder? Dabei ist das nicht der einzige Vorfall gewesen. Was ist mit der Hure im Minirock gewesen? Wenn sie vergewaltigt wird, ist sie selbst schuld, bei so einem freizügigen Outfit, oder etwa nicht? Was ist mit der Schlampe vom Vernehmungsraum gewesen? Wenn es die Natur so eingerichtet hat, dass Männer stärker als das andere Geschlecht sind, dann ist es nur natürlich, Frauen gegen ihren Willen zu nehmen, oder etwa nicht? Scheiße, ich hätte alle drei ficken können. Was sind das für kranke Gedanken, die sich ganz normal anfühlen? Ich brauche was zu trinken. Ich muss raus hier. Na toll. Meine Brieftasche liegt noch im Revier. Schreib auf, was zu tun ist, damit es dir im Gedächtnis bleibt. Ich darf heute auf keinen Fall mehr mit irgendeiner Frau sprechen. Kein einziges Wort. Ich hole die Brieftasche. Dann kaufe ich mir ein Bier. Und dann gehe ich schnurstracks nach Hause ins Bett.

Als Lynne wieder zu sich kam, war es bereits dunkel. Um sie herum herrschte finsteres Grau, das bloß von wenigen leuchtenden Laternen zerrissen wurde. Ihr Auto stand vor dem Park in der Stadt, aus der sie hatte fliehen wollen. Nach dieser Irrfahrt war sie also tatsächlich wieder hier am Ausgangspunkt gelandet.

In diesem Moment kam Basil aus dem Revier spaziert. Er wirkte erschöpft, als hätte er einen langen Arbeitstag hinter sich. Aber diese Erschöpfung beschränkte sich nicht auf seinen Körper, sondern hatte sich auch seinen Geist vorgeknöpft. Irgendwie schien der Officer mit sich selbst zu hadern. Als hätte er an diesem Tag Unvorstellbares erlebt. Und doch wollte er nun diese unaussprechlichen Dinge selbst tun. Es war, als würde man die bevorstehende Sünde auf seinem Antlitz erkennen können.

Hastig stellte Lynne ihr Auto in der Parkbucht ab und stieg aus. Prüfend blickte sie an sich herab. Überall unförmige Flecken auf der Kleidung, die ganzen Falten nicht zu vergessen. Aber an einem Tag wie diesem war so etwas kein Problem.

»Officer«, hauchte Lynne.

Sie stellte sich ihm nicht in den Weg, sondern blieb in einiger Entfernung (an ihren Wagen gelehnt) stehen. Wenn Basil etwas von ihr wollte, musste er schon selbst antrotten.

»Ah, Sie sind es! Guten Abend!«

Basils Mimik hatte sich nicht verändert. Natürlich war er überrascht gewesen. Und für den Bruchteil einer Sekunde hatte sich sein Verlangen bahngebrochen. Aber er musste diese Triebe unterdrücken. An diesem Tag hatte er drei

Personen wegen einer Vergewaltigung festgenommen, da wollte er nicht selbst auch noch jemandem etwas antun. Verkrampft ging er auf sein Gegenüber zu.

»Tut mir leid, aber es war ein anstrengend–«

»Ich würde Sie gerne zu einem Abendessen einladen«, unterbrach Lynne ihn. »Ganz zwanglos. So dringend habe ich noch nie einen vernünftigen Gesprächspartner gebraucht. Hier geschehen seltsame Dinge.«

Lynne fragte sich, was da für ein zusammengewürfelter Mist aus ihrem Mund kam. Sie wusste selbst nicht, ob sie Basil nun warnen oder verführen wollte. Brauchte sie wirklich jemanden zum Reden, oder hatte sie es auf etwas ganz anderes abgesehen?

Zögernd kam Basil näher. Mit schmalen Augen musterte er Lynnes Hände.

»Ich weiß nicht, ob das so eine gute Idee ist«, meinte er. »Am liebsten würde ich jetzt nach Hause und ins Bett.«

So war das also? Dieser feine Officer stellte sich quer. Warum auch immer. In Lynnes Brust wallte eine ungeheure Wut auf, ebbte jedoch in derselben Sekunde wieder ab.

»Und was, wenn ich Sie nach Hause begleite?«, fragte Lynne zwinkernd.

Basil biss sich auf die Lippen, gab aber keine Antwort.

»Und ins Bett?«, fügte Lynne hinzu.

Endlich war ihr Gegenüber gebrochen. Wie in Zeitlupe sank Basils Hand auf Lynnes Arm, doch sobald sie sich berührten, waren alle Hemmungen beiseite gewischt.

Nüchtern betrachtet ist Geschlechtsverkehr etwas überaus Barbarisches, das den gesamten Körper zwingt, auf

Hochtouren zu arbeiten. Neuronalexplosionen im Gehirn, das mit Informationen überschwemmt wird. Muskelkontraktionen etlicher Regionen, die von Krämpfen begleitet werden können. Dazu angestiegener Blutdruck, eingeengte Arterien, ineffiziente Atmung, erhöhte Temperatur, um nur einige der Torturen zu nennen. Wäre Sex nicht mit nahezu unbeschreiblicher Befriedigung verbunden, wären Menschen schon längst ausgestorben.

Ist man erregt, verliert das Bewertungssystem des Großhirnes an Bedeutung. Aktivitäten, die man in normalem Zustand nur zu gerne vermieden hätte, erscheinen nun umsetzbar oder sogar reizvoll. Auch das Schmerzempfinden mischt sich kurzzeitig kaum ein. Während der Fortpflanzung scheint es tatsächlich nichts Wichtigeres zu geben, als die eigenen Gene weiterzuvererben. Egal, wie es dazu kommen mag.

Nachdem sie bei Basils Apartment angekommen waren, konnten er und Lynne ihre Finger nicht mehr voneinander lassen. Noch im Eingangsbereich befreite Lynne den Mann von seinen einengenden Hosen und saugte bei offener Wohnungstür an seinem Penis, bis er gänzlich steif war. Danach trug Basil die Frau in das Esszimmer und legte sie auf dem Tisch ab, um ihr dort die Vagina feucht zu lecken. Schließlich beendeten die beiden Polizisten ihr Vorspiel im Schlafzimmer.

Es war wie im Wahn; so überaus schrecklich und vollkommen schön zugleich. Zunächst ließ sich Basil hintenüber auf die mit Stoff bezogene Bank fallen, sodass Lynne sich rittlings auf ihn setzen und in alle Richtungen wippen konnte. Anschließend ließen sie sich auf dem Boden mit dem Teppich nieder, wo Lynne sich halb auf die Matratze lehnte und Basil sie von hinten stieß. Dann erst entledigten sie sich aller Kleidung und fuhren stehend fort. Ihr wundervoller Akt endete wieder im Bett, wo sie aufeinander in Ekstase gerieten und einen nie dagewesenen Orgasmus erlebten.

Sowohl für Lynne als auch für Basil war es das erste und letzte Mal, dass sie Analverkehr praktizierten. Keiner von beiden würde sich später an die Abenteuer dieser Nacht erinnern können.

PROTOKOLL – SIN 05

›Wir haben den fünften Tag, meine Damen und Herren aus aller Welt! Scheinbar ist unser Produkt ein voller Erfolg geworden. Nach dem Vertragsabschluss mit Lebensmittelherstellern haben wir nun auch erste Pharmazieunternehmen an Bord. Zeigen Sie keine Scheu, springen auch Sie auf den Zug des Erfolges. Lassen wir uns beeindrucken von dem fünften von insgesamt sieben *SIN*.

Wie Sie vielleicht schon vermuten, stelle ich Ihnen abermals eine Frage. Sind Sie schon jemals auf *Geiz* gestoßen? Es wäre verwunderlich, wenn nicht. Man könnte sagen, der Geiz ist das Gegenteil des Neides. Bei letzterem kann man einer anderen Person etwas nicht vergönnen, das man selbst nicht besitzt. Mit dem Geiz jedoch verhält es sich anders. Plötzlich sind wir in der Position, etwas zu besitzen, und wir tun uns schwer, dieses Etwas aus den Fingern zu geben.

Evolutionär bedingt ist Geiz durchaus nachvollziehbar. Man stolpert nicht so einfach über etwas Wertvolles, man muss es mühsam suchen oder es sich hart erarbeiten. Deshalb fällt es uns zwar leicht, alltägliche Dinge zu teilen, bei besonderen Dingen jedoch werden wir misstrauisch. Meist hat es viel Geld oder einiges an Arbeit gekostet, um an dieses besondere Ding heranzukommen. Da legt man es nur ungern wieder aus den Händen.

Mit der Habgier ist nicht zu spaßen. Immer mehr und mehr wollen wir erreichen. Immer mehr und mehr wollen wir besitzen. Denn der Besitz gibt uns Macht. Wir wollen ein schnelleres Gefährt, einen attraktiveren Partner, einen sicheren Arbeitsplatz. Nun, dann testen wir einmal, was unsere Versuchssubjekte besitzen wollen. Was sie begehren, in ihren Träumen.‹

Armstrong räusperte sich. Nach einer gefühlten Ewigkeit drehte sich sein Kumpel um. Er saß auf dem Sessel, sein Tablet in den Händen.

»Nichts zu machen«, gab der Kumpel ächzend von sich. »Ausverkauft.«

»Vor fünf Minuten hat es noch ein paar Exemplare gegeben«, meinte Armstrong und zuckte mit den Schultern, bevor er in die offen gestaltete Wohnküche trat. »Du hast wohl einfach Pech.«

Mit vorgeschobenen Lippen starrte Armstrongs Kumpel auf den Bildschirm des Tablets, mit dem er das Internet durchsucht hatte.

»Komm schon, Alter, du hast zwei davon!«

»Ich brauche sie beide!«, gab Armstrong von sich.

~~Das stimmte nicht ganz. Noch befand sich keines der Exemplare in seinem Besitz, denn sie würden erst in einigen Wochen bei ihm eintreffen. Außerdem würden sie sowieso nur im Regal landen und dort Staub ansetzen. Aber es ging nicht darum, die Produkte zu benutzen. Es ging darum, sie einfach nur zu besitzen.~~

~~Es war nicht verwunderlich, dass sein Kumpel eines von den Alben wollte. Dabei handelte es sich um ein Album einer koreanischen Pop-Band, die sowohl Armstrong als auch seinem Kumpel gefiel. Hin und wieder erschienen limitierte Sondereditionen eines Albums, und wenn man nicht innerhalb weniger Stunden auf den Kaufen-Button~~

~~hämmerte, ging man leer aus. Dann musste man sich mit~~
~~der stinklangweiligen Standardedition begnügen.~~

»Ich zahle dir das Doppelte dafür«, schlug der Kumpel vor und lächelte versöhnlich. »Dann hast du deines umsonst bekommen. Nicht schlecht, was?«

»Ich bleibe dabei, ich werde beide behalten«, meinte Armstrong und stützte sich auf die Lehne des Sessels.

»Das machst du mit Absicht, nicht wahr?«, fragte sein Kumpel und erhob sich. »Wegen der Sammelkarten damals. Oder vielleicht bist du so ein Arsch, weil das mit deiner Freundin nicht geklappt hat. Ganz genau, du bist ein Arsch.«

Die letzten Worte hatte Armstrongs Kumpel mit verengten Augen gezischt. Er stand nun vor dem Regal und wandte sich den vielen Figuren zu, Reihe für Reihe akkurat aufgestellt. ~~Einige von diesen hochwertigen Figuren hatten Armstrong weit mehr als ein halbes Monatsgehalt gekostet.~~

»Du hast dir schon immer die besten Stücke unter den Nagel gerissen«, fuhr der Kumpel fort. »Ich sollte mir mein Geschenk zurückholen. Und aus deinem Leben verschwinden. Vielleicht erkennst du dann, was ich alles für dich getan habe.«

Langsam griff der Kumpel nach einer bestimmten Figur, die von einem Plexiglaszylinder geschützt wurde. ~~Er hatte sie Armstrong vor über zwei Jahren geschenkt. Damals waren die beiden noch Freunde gewesen. Was waren sie nun?~~

Mitten in der Bewegung hielt der Kumpel plötzlich inne. ~~Ein merkwürdiges Gefühl in seiner Brust hatte ihn stocken~~

111

~~lassen. Es bahnte sich an. Brach aus ihm hervor.~~ Blut auf seiner Zunge, dann auf seinen Lippen, schließlich am Kragen seines Hemdes.

Armstrong zog das Messer aus dem Rücken seines Kumpels und beobachtete, wie dieser zusammenbrach. ~~Er hatte ihn ermordet. Aber den Figuren war nichts geschehen. Und wegen den Alben würde ihm nie wieder jemand ein schlechtes Gewissen einreden.~~

~~Siehe, deine Mutter!~~

AVARITIA

Als Lynne erwachte und die Augen öffnete, berührte die kalte ledrige Nase des Hundes beinahe ihre eigene. Das Tier – ein Schäferhund mit recht hellem Fell – saß auf dem Boden und hatte seine Schnauze auf dem Bett platziert, in dem Lynne lag.

Obwohl der Vierbeiner sie nicht zu kennen schien, zeigte er kein aggressives Verhalten – sie kannte ihn jedenfalls nicht. Stumm saß er da und legte den Kopf schräg, als ob er sie fragen wollte, was sie denn hier verloren hätte.

Tja, wo war sie eigentlich? Lynne konnte es sich beim besten Willen nicht vorstellen. Das letzte, an das sie sich erinnern konnte, war ihre Rückkehr zum Motel, von wo aus sie mit ihrem Wagen aus diesem verfluchten *Sin City* hatte flüchten wollen.

Fast wie automatisch griff Lynne dem Schäferhund auf den Kopf und wuschelte ihn durch. Daraufhin ließ der Hund ein leises Winseln hören, bevor er gähnte und aus dem Zimmer tapste.

Neugierig und gleichzeitig ein wenig verängstigt rollte sich Lynne auf den Rücken und dann auf die andere Seite, zur Innenseite des Bettes.

Neben ihr lag Basil.

Lynne biss sich auf die Unterlippe und hob die Decke an, um einen Blick darunter zu werfen. Sowohl sie als auch der Polizist an ihrer Seite waren vollkommen nackt. Man musste kein Genie sein, um zu begreifen, was letzte Nacht geschehen war.

Endlich schienen die Erinnerungen zurückzukehren, zaghaft. Doch bevor Lynne den vorherigen Tag rekonstruieren konnte, legten sich Erinnerungen über ihre aktuellen Gedanken.

›Wir sind gerade erst zusammengezogen‹, hatte ihr Verlobter damals bei ihrem letzten Gespräch gesagt. ›Wollen wir nicht einmal die Hochzeit hinter uns bringen und in ein paar Jahren über Kinder sprechen?‹

›In ... ein *paar* Jahren?‹, hatte Lynne wiederholt. ›Wir schieben die Hochzeit schon seit über einem Jahr auf. Wir haben noch nicht einmal einen geeigneten Termin gefunden. Wir haben uns noch auf kein einziges Detail geeinigt. Ich weiß, dass du deinen momentanen Lifestyle magst. Und dass du deine Freiheit brauchst. Aber hast du noch niemals über die Zukunft nachgedacht?‹

›Muss ich nicht‹, hatte die ehrliche Antwort gelautet. ›Es gibt keine. Nicht mir dir. Nicht *so*.‹

Lynne hatte den Ring von ihrem Finger genommen und ihn ihrem Verlobten entgegengeschleudert. Was für ein Glückstreffer, dass der Diamant genau seine Stirn getroffen hatte. Dann war der Ring zu Boden gefallen und unter den Tisch gerollt, wo das Licht der Deckenlampe nicht willkommen war. Es war unwahrscheinlich, dass er immer noch im Schatten lag, aber für Lynne würde er immer dort liegen bleiben.

Keiner der beiden hatte geweint.

Lynne überkam eine gewisse Panik und stieß einen klagenden Laut aus.

Basil schlug die Augen auf.

Sie starrten sich an.

Wie gerne hätte Lynne gewusst, was in diesem Moment in Basils Kopf vorging. Ohne die Miene zu verziehen, blinzelte der hübsche Officer die (einigermaßen fremde) Frau in seinem Bett an.

Dann, wie in Zeitlupe, schlug er die Decke zur Gänze zurück und stand auf. Mit schnellen unsicheren Schritten ging er zu einer Tür in der Nähe, und sobald er die Klinke berührte, fand er seine Stimme wieder.

»Ich weiß nicht, was gestern passiert ist, aber du gehst jetzt lieber.«

Nach dieser unverbindlichen Ansage verschwand er in dem Zimmer nebenan.

Schockiert setzte Lynne sich auf. In ihrem Kopf drehte sich alles. Von Basil, auch wenn sie ihn im Grunde kaum kannte, hätte sie sich mehr erwartet als eine nüchterne Abfuhr.

In diesem Augenblick streckte der Officer noch einmal seinen Kopf hinter der Tür hervor.

»Tut mir leid«, sagte er plötzlich, viel sanfter als zuvor. »Geh bitte nicht. Ich muss dringend pinkeln. Es wäre wirklich schön, wenn du solange auf mich wartest.«

Lynne musste lächeln.

Während Basil also pinkelte, hüpfte Lynne aus dem Bett und suchte ihre Kleidung zusammen. Ihre Unterwäsche hatte sich in den Falten der Decke versteckt, doch den Rest konnte sie nicht finden. Als sie vom Schlafzimmer hinaus auf den langen Flur trat, fiel ihr auf, wie groß Basils

Apartment eigentlich war. Es gab ein zweites Badezimmer, Küche sowie Essbereich waren vom Wohnzimmer getrennt, und vom Balkon aus hatte man einen netten Ausblick auf einen kleinen Garten.

›Entweder hat er einen Mitbewohner oder ein feines Einkommen‹, grübelte Lynne und gab es auf, nach ihren Klamotten zu suchen.

Nach einer Weile tauchte Basil bekleidet im Türrahmen auf und kratzte sich verlegen am Hinterkopf, nachdem er die Frau vor ihm gemustert hatte. Höschen und Büstenhalter waren das Einzige, was ihre blasse Haut bedeckte.

›Ich hoffe, ich habe es ihr ordentlich besorgt. Und wenn ja, dann ist es ziemlich schade, dass ich mich an so gut wie gar nichts erinnern kann.‹

Das schien Basil zu denken, seinem Gesichtsausdruck nach zu urteilen. Allerdings formulierte er seine Verlegenheit anders, als er seinen Mund öffnete.

»Du bist eine sehr hübsche Frau«, versuchte er Lynne zu schmeicheln. »Falls ich gestern irgendetwas getan habe, das dich beschämt hat, dann tut es mir aufrichtig leid.«

Lynne starrte ihn abschätzend an, dann musste sie plötzlich grinsen.

»Ich könnte es dir sagen, wenn ich mich daran erinnern könnte.«

»Wir können uns *beide* an nichts erinnern?«, fragte Basil erstaunt. »Muss ja ziemlich heftig geworden sein.«

»Nein, nichts dergleichen«, meinte Lynne nachdenklich. »Ich denke, das hat ganz andere Gründe; und ich werde versuchen, es dir so gut wie möglich zu erklären. Könnte ich ebenfalls die Toilette benutzen?«

»Klar«, meinte Basil und deutete über seine Schulter nach hinten. »Nimm das Badezimmer hier, wenn es dich nicht stört.«

Bevor sie aus dem Flur verschwand, rief er ihr noch etwas nach.

»Frühstück?«

»Kaffee!«, antwortete Lynne, ohne darüber nachzudenken, dass sie eigentlich nichts weiter als ein ungebetener Gast war. »Also, das wäre nett.«

Wie der Rest der Wohnung war auch das kleine Badezimmer, das über Basils Schlafzimmer aus zu erreichen war, weder verdreckt noch unordentlich. Alle gewaschenen Badetücher befanden sich schön zusammengelegt in einem Regal, auf dem Absatz über dem Waschbecken standen nur wenige Fläschchen, und nirgendwo war eine dicke Staubschicht zu finden. Aus Respekt öffnete Lynne keine Kästen, sondern ließ ihren Blick nur oberflächlich über die frei herumstehenden Dinge wandern.

Sie klappte den Deckel der Toilette hoch und setzte sich. Ihre warmen Schenkel zuckten kurz, als sie den kalten Keramiksitz berührten. Also hatte Basil im Stehen uriniert. Zumindest hatte er nicht daneben gezielt. Was bei gewissen Männern oft der Fall war. Nicht dass Frauentoiletten grundsätzlich sauberer waren; das war nun wirklich nicht der Fall. Lynne hatte in Kabinen öffentlicher Einrichtungen schon mehrmals die Nase rümpfen müssen.

›Ob man eine unhygienische Person ist, wird wohl nicht vom Geschlecht beeinflusst‹, dachte Lynne und wackelte mit den Zehen.

Leise plätscherte ihr Urin in das Klo, und noch bevor der Strahl versiegt war, verspürte Lynne ein merkwürdiges Ziehen, das sie so noch nie erlebt hatte. Irgendwie hatte sie den Drang, auch groß zu müssen. Aber es fühlte sich seltsam an; in etwa als hätte sie eine längere Sitzung mit Durchfall hinter sich. Hauptsächlich weil es ihr peinlich war, in einer fremden Wohnung ein großes Geschäft zu erledigen, verkniff sie sich alles weitere und erhob sich. Dann spülte sie und klappte den Deckel wieder herunter.

Nachdem sie sich die Hände gewaschen hatte, wischte sie sich an einem (auf einem Haken in Form eines Vögelchens hängenden) Handtuch ab. Es war bereits etwas feucht, was vermutlich bedeutete, dass sich Basil ebenfalls damit abgetrocknet hatte. Wieder etwas, das für den Officer sprach. Immerhin war es (in so ziemlich jeder Stadt weltweit) beinahe wahrscheinlicher, auf einen tanzenden Bären zu treffen, als auf einen Mann, der sich nach dem Pinkeln die Hände wusch.

›Das nennt man eine waschechte Wahrscheinlichkeitsrechnung‹, dachte Lynne und musste kichern.

An der Tür warf Lynne noch einen letzten Blick über die Schulter, um nach Auffälligkeiten zu suchen. Es standen zwar sowohl eine Handzahnbürste als auch eine Elektrozahnbürste herum, aber das musste noch nicht bedeuten, dass es zwei Leute gab, die sie benutzten. Nirgends waren Makeup oder Binden zu sehen. Hier gab es nichts, was auf eine Frau in Basils Leben deutete.

Auf der anderen Seite der Tür wartete Basil schon auf sie. Er hielt eines seiner Hemden hoch.

»Bis wir deine Sachen gefunden haben.«

Lynne nahm das Kleidungsstück dankbar an und schlüpfte hinein. Es handelte sich um ein dünnes kariertes Hemd, das ihr bis über die Hüften reichte. Obwohl sie immer noch fast nackt herumlief, war ihr die Situation mittlerweile nicht mehr peinlich. Nicht nur sie hatte Mist gebaut, Basil ebenso. Und es war ihnen beiden unangenehm, ohne Erinnerung an die letzte Nacht auskommen zu müssen. Sie saßen im selben Boot, wie man so schön sagte.

Nachdem sie sich die langen Ärmel hochgekrempelt hatte, folgte Lynne Basil in die Küche, wo er bereits einen Kaffee vorbereitet hatte. Im schmalen Essbereich ließen sie sich auf hölzernen Stühlen nieder. Während Lynne an ihrem recht ansprechenden Kaffee nippte, goss sich Basil heißes Wasser in einen Becher und steckte einen Teebeutel hinein. Dann faltete er sorgsam die Hände und blickte sein Gegenüber ernst an.

»Also«, sagte er nur.

»Also«, wiederholte Lynne, da sie nicht so recht wusste, wie sie anfangen sollte. In diesem Moment kam der Schäferhund in die Küche und legte seinen warmen Kopf auf ihren nackten Oberschenkel.

»Beeindruckend«, meinte Basil erstaunt. »Daisy ist bei Fremden ansonsten nicht so zutraulich. Das bedeutet, du musst eine selbstsichere und zuverlässige Person sein.«

»Vielen lieben Dank«, flüsterte Lynne lächelnd, mehr in die Richtung der Hündin als in die von Basil, und tätschelte ihr den Kopf.

Erst jetzt nahm Lynne das äußerst penetrante Ticken einer schlichten Uhr (mit merkwürdig kurzen Zeigern) wahr, die in der Küche an der Wand hing. Kurz darauf hörte sie auch die Stimme von *Cyndi Lauper*, die leise aus den Lautsprechern des Fernsehers kam, dessen Bildschirm allerdings dunkel war. Basil griff nach der Fernbedienung und stellte das Gerät gänzlich ab, ließ zuvor jedoch noch einige Zeilen verklingen.

if you're lost, you can look, and you will find me
time after time
if you fall, I will catch you, I'll be waiting
time after time

Innerhalb der nächsten fünf Minuten sprachen weder Lynne noch Basil ein Wort, sondern konzentrierten sich ganz auf ihre heißen Getränke, die ihnen ein wohliges Gefühl in der Bauchgegend bescherten.

Dann begann Lynne mit ihrem Monolog.

»Es mag sich wie eine schlechte Romanvorlage anhören, aber was ich dir jetzt erzähle, ist wahr. Zumindest der Teil darüber, warum die Bewohner dieser Stadt langsam ... durchdrehen. Ich verschweige lieber, was ich alles erlebt habe. Was ich mir eingebildet habe. Aber so, wie sich die Leute verhalten, bekräftigt sich mein Verdacht, dass das Unglaubliche gar nicht so abwegig ist. An meinem ersten Tag in dieser Stadt, besser gesagt in der ersten Nacht, ist im Zimmer neben meinem ein Mord begangen worden. Aus Eifersucht, nehme ich an. Laut eurer Stadtzeitung haben sich noch weitere Verbrechen aus ähnlichem Motiv dazugesellt. Am Tag darauf bin ich nicht die einzige Person hier gewesen, die mit Müdigkeit und Schwindelgefühlen zu kämpfen gehabt hat. Ein Kleinbus hat mich beinahe überrollt, weil der Fahrer in Sekundenschlaf gefallen ist.

Am nächsten Tag ist jeder Einwohner, den ich getroffen habe, damit beschäftigt gewesen, möglichst viel Nahrung in sich hinein zu stopfen. Das beste Beispiel dafür ist dieser Typ, der sich zu Tode gesoffen hat. Und gestern hat es nicht eine Sekunde gegeben, in der ich nicht an Sex gedacht habe. Genauso wie alle anderen Leute um mich herum. All das wirkt, als wären sämtliche Stadtbewohner von den sieben Todsünden höchstpersönlich besessen. Ich weiß nicht *wie* oder zu welchem Zweck, aber das Ganze lässt keinen anderen Schluss zu.«

Lynne schwieg nach dieser ausführlichen Erklärung, die viel eher eine Ahnung war.

Basil hatte hin und wieder einen Schluck von seinem Tee genommen. Jetzt leckte er mit der Zunge vorsichtig über seine Schneidezähne, bevor er zu einer Antwort ansetzte.

»Ich habe mir ebenfalls die eine oder andere Sache eingebildet. Gestalten, sehr makabre Gestalten, die plötzlich aufgetaucht sind, aber von niemandem sonst wahrgenommen worden sind. Und als Polizist dieser Stadt kann ich nur sagen, dass sich in den letzten Tagen tatsächlich merkwürdige Dinge zugetragen haben. Ganz nette Menschen, die plötzlich ihre eigene Familie massakrieren. Oder auf die Straße gehen und randalieren. So viel Chaos hat es hier noch nie gegeben.«

Nun stutzte er und überlegte einen Moment.

»Wir sprechen hier doch nicht über die personifizierten Todsünden, oder? Eher über etwas, das die Menschen dazu veranlasst, sich mit Sünden zu beflecken.«

»Ich dachte zunächst an einen Hypnotiseur«, meinte Lynne und rührte mit dem Löffel in ihrem Kaffee herum.

»Aber es ist so gut wie unmöglich, so viele Bewohner gleichzeitig zu hypnotisieren.«

»Wie wäre es mit einer Droge?«, schlug Basil vor. »Man könnte sie vielen Personen gleichzeitig verabreichen.«

»Ein Gedanke, der mir auch schon gekommen ist. Vielleicht ist das Wasser der Stadt vergiftet.«

Stirnrunzelnd starrte Basil in seinen halb ausgetrunkenen Becher.

»Hat sich Daisy in den letzten paar Tagen seltsam verhalten?«, wollte Lynne wissen und deutete mit dem Kinn in Richtung der Hündin, die beim Erklingen ihres Namens einen kaum wahrnehmbaren Laut von sich gab.

Basil schüttelte den Kopf und fuhr sich dann mit dem Daumen über die Nasenspitze.

»Eine ganze Stadt zu vergiften, das klingt schon lächerlich«, murmelte er vor sich hin. »Aber irgendetwas ist tatsächlich im Gange. Ich meine, diese vielen Toten, das ist doch wirklich scheiße. Tut mir leid, mir fällt momentan kein besseres Wort ein. Seit ich hier lebe, hat es keinen einzigen Todesfall durch Gewalteinwirkung gegeben, und sogar gewöhnliche Verbrechen wie Diebstahl hat es nur selten gegeben. Ich werde mich heute schlau machen.«

»Das tue ich auch«, sagte Lynne bestimmt.

»Nur aus reiner Neugierde«, grummelte Basil undeutlich. »Welche von den ... sieben Todsünden stehen denn noch aus?«

Lynne trank ihren Kaffee zu Ende.

»Habgier, Hochmut, und dann noch Zorn.«

Und sie ahnte bereits, welche Sünde an diesem Tag an der Reihe war. Ihre Finger schlossen sich um den Henkel des Bechers und verkrampften sich. Es war, als würde sie es Basil nicht gönnen, der Besitzer dieses Bechers zu sein. Und was Basil selbst betraf, so würde sie ihn nie wieder hergeben. Er war jetzt ihr Eigentum.

»Warte mal einen Moment«, sagte Basil, als er die Küche verließ. »Ich glaube, ich weiß jetzt, wohin deine Sachen verschwunden sein könnten.«

Stöhnend massierte sich Lynne die Schläfen, während sie auf seine Rückkehr wartete. Ihr war nicht sehr wohl. Dabei musste sie doch topfit sein, wollte sie die Mysterien dieser Stadt aufklären. Zumindest hatte der Kaffee ein kleines bisschen geholfen.

Als Basil wieder im Flur auftauchte, hatte er Lynnes Kleidung in den Händen.

»Hab ich es mir doch gedacht. Daisy hat deine Sachen in den Waschraum getragen. Tatsache ist, dass es hier kaum so ordentlich wäre, würde sie nicht immer alle Gegenstände in die passenden Zimmer bringen.«

Lynne musste erneut lächeln und fühlte sich wesentlich entspannter als sie es noch vor wenigen Minuten getan hatte. Als sie in die Hosen stieg und in das Shirt schlüpfte, tat sie dies ohne Scham und sehr langsam. Immerhin wollte sie, dass ihr Gegenüber sie dabei beobachtete. Wie sie ihre Brüste richtete und über ihren Po strich. Vielleicht bekam der Officer Lust auf mehr – oder begriff endlich, was für einen tollen Fang er gemacht hatte.

Allerdings gab es etwas, das Basils Aufmerksamkeit von ihr ablenkte. Sein Mobiltelefon klingelte.

»Rush hier! Jawohl, verstanden. Bin gleich bei Ihnen.«

Mit gerunzelter Stirn ließ er das Mobiltelefon sinken. Er seufzte.

»Das war der Chief«, erklärte er kraftlos. »Schon wieder ein Mordfall.«

Aufgrund dieser Dringlichkeit gab es nichts, was Lynne dazu veranlasst hätte, Basil aufzuhalten. Sie bat ihn lediglich, sie beim Motel abzusetzen. Gemeinsam gingen sie in den Eingangsbereich, um sich die Schuhe anzuziehen und die Mäntel überzustreifen.

Während Lynne darauf wartete, dass Basil nach seinen Schlüsseln suchte und seine Brieftasche einsteckte, blieb ihr Blick an einem Bild hängen, das über den Kleiderhaken an der Wand befestigt war. Es war nicht eingerahmt und wurde lediglich von zwei dünnen Bändchen gehalten. Kräftige schwungvolle Pinselstriche sowie feinere verschnörkeltere Linien bildeten vier Affen ab. Nummer Eins fasste sich an die Lippen, Nummer Zwei hielt sich die Augen zu, Nummer Drei bedeckte die Ohren, Nummer Vier hatte die Hand auf die Brust gelegt. Allesamt wirkten sie, als hätten sie die Wirklichkeit versäumt.

»Sind es eigentlich nicht nur drei Affen?«, fragte Lynne verwundert.

Basil hob kurz den Kopf, dann lächelte er.

»Ich habe dieses Bild während eines Urlaubs in Japan gekauft«, erklärte er ruhig. »Hier in der westlichen Welt haben die Affen ihre ursprüngliche Bedeutung verloren. Meist interpretiert man ihre Gesten so, dass man sich vor allem Unliebsamen verschließen soll. Aber das ist keinesfalls, was Konfuzius gemeint hat. Man soll sich bloß von den Dingen abwenden, mit denen man als edler Mensch in Konflikt stehen würde. Nicht sprechen, was nicht rein ist. Nichts sehen, was nicht rein ist. Nichts hören, was nicht rein ist. Nichts tun, was nicht rein ist. Man soll also wahrhaftig sein. Das ist die wahre Bedeutung der Affen.«

Noch lange dachte Lynne an Basils Worte; den Weg von seinem Apartment bis zum Parkplatz und die gesamte Fahrt zum Motel über. Als sie dort angekommen waren, erinnerte sich Lynne daran, dass ihr Auto immer noch zwischen Park und Polizeirevier stand. Doch Basil war bereits davongerast und hatte sie zurückgelassen.

›... als wären sämtliche Stadtbewohner von den sieben Todsünden höchstpersönlich besessen.‹

›... und dann noch Zorn.‹

›... Zorn.‹

Lynne blickte in den Himmel und rieb sich die Brust.

Liebes Tagebuch!
Heute war ein Tag voller Wunder. Voller merkwürdiger Überraschungen. Voller aufschlussreicher Gespräche. Voller Chancen. Begonnen hat dieser Tag mit einem Morgen, der mir noch lange in Erinnerung bleiben wird. Ich bin neben Lynne aufgewacht. Jener hübschen Frau, die eigentlich nur für eine Nacht in unserer Stadt hat bleiben wollen. Die mich angelächelt hat. Ich weiß nicht mehr, was gestern geschehen ist, nachdem ich noch einmal die Wohnung verlassen habe. Aber allem Anschein nach habe ich mit Lynne geschlafen. Bin ich stolz darauf? Nun, wäre ich bestimmt, wenn nicht jeder einzelne Bewohner dieser Stadt durchdrehen würde. Erinnerungen, die verloren gehen. Emotionen, die wahnsinnig machen. Bestimmt ist es

nur Zufall gewesen, dass Lynne in meinem Bett gelandet ist. Beim gemeinsamen Frühstück haben wir über die seltsamen Ereignisse gesprochen. Wir sind uns einig, dass jemand dafür sorgt, dass diese Stadt in Chaos versinkt. Mithilfe von Hypnose oder Drogen oder was auch immer. Falls ich überhaupt noch eine Bestätigung dafür gebraucht habe, bin ich kurz darauf fündig geworden. Fünf ganze Todesfälle an diesem Tag. Davon drei Morde. Und vielleicht noch mehr, von denen wir gar nichts wissen. Mit dem Chief habe ich zwei Eheleute gefunden. Haben sich gegenseitig abgestochen, weil es einen Streit um die Versicherungspapiere gegeben hat. Ihr armes Kind hat dagestanden, in der Blutlache, und hat geweint. Auf der Straße haben wir sieben Leute voneinander trennen müssen, weil sie sich wegen einer gewöhnlichen Münze geprügelt haben. Drei davon haben in ein Krankenhaus fahren müssen, drei andere haben wir vorsichtshalber zum Arzt geschickt. Einsperren haben wir niemanden können, weil wir nur drei kleine Zellen besitzen, und die sind bereits voll. Allerdings ist mir unwohl dabei, diese Irren frei herumlaufen zu lassen. Bleibt also nur zu hoffen, dass die nächsten Tage nicht noch schlimmer werden.

Lynne senkte den Kopf und betrat das Motel.

In der Rezeption war niemand anzutreffen. Außerdem war es still, so als ob kein einziger Gast anwesend wäre. Eigentlich schien dies der Normalzustand dieser Absteige zu sein. Sowieso fragte sich Lynne, ob dieses Drecksloch von Motel überhaupt mehr als zehn Gäste pro Jahr verbuchen konnte.

Als Lynne die Tür zu ihrem Zimmer aufschließen wollte, bemerkte sie, dass sie bereits geöffnet war. Allerdings hatte man sie angelehnt, sodass nur ein winzig breiter Spalt davon zeugte, dass sich jemand Zutritt verschafft hatte. Anzeichen von gewaltsamem Eindringen schien es keine zu geben, dennoch läuteten bei Lynne die inneren Alarmglocken.

›Warum habe ich meine Pistole nicht mitgenommen?‹, fragte sich Lynne, bevor sie durchatmete und mit dem Fuß die Tür aufstieß.

Kein Eindringling; das Zimmer war leer. Alles schien so zu sein, wie Lynne es zurückgelassen hatte – bis auf eine Ausnahme jedoch. Ihr aufgeklappter Koffer war herumgeschleudert worden, und ihre Höschen lagen auf dem Boden verstreut. Jedes von ihnen war zusammengeknüllt oder verdreht worden, und eines (mit blauen Blümchen auf weißem Stoff) war befleckt. Es wirkte, als wäre eine milchige Flüssigkeit eingetrocknet.

Für Lynne war der Fall klar. Mit ziemlicher Sicherheit hatte sich der junge Rezeptionist mit seinem Schlüssel hereingelassen. Da noch vor wenigen Stunden die Wollust über die Einwohner dieser Stadt regiert hatte, schien es nicht unglaubwürdig, dass Jeremy seinen Trieben nachgegeben hatte. Irgendwie war Lynne froh, dass nichts Schlimmeres geschehen war, und bestimmt schämte sich der arme Kerl dafür. Trotzdem packte sie das kontaminierte Höschen mit angeekelter Miene in einen Plastiksack und warf diesen dann in hohem Bogen von sich. Keine schöne Sache.

›Langsam wird mir diese Stadt zuwider.‹

Seufzend sperrte Lynne die Tür zu und ließ sich auf ihrem Bett nieder.

Eine halbe Stunde lang saß Lynne einfach nur da, den Blick an die Wand geheftet, denn sie fühlte sich furchtbar erschöpft. Nicht nur ihr Körper war nach dem wilden Akt vom Vortag am Ende seiner Kräfte, auch ihr Geist wollte nicht mehr seinen gewohnten Dienst verrichten. Allerdings erholte sie sich von diesem Zustand wieder, und schon bald klopfte sie sich selbst auf die Schenkel und zwang sich aufzustehen.

Zunächst wollte sie im Internet ein paar Artikel von *Sin Today* durchstöbern. An diesem Tag mussten bereits Berichte über die Geschehnisse des Tages der Völlerei online zu finden sein. Doch als Lynne schließlich den Laptop eingeschaltet und die Webseite aufgerufen hatte, fand sie nichts dergleichen.

Anstelle des Logos mitsamt Hyperlinks und Artikelvorschauen gab es lediglich einen schwarzen Hintergrund zu begutachten. Ein roter Schriftzug verlief quer über den Bildschirm; ›Ich bin ein mieser Perverser!‹ stand dort geschrieben. Man konnte weder navigieren noch mit etwas interagieren.

Lynne stutzte und rieb sich mit der linken Hand die Stirn. Es war nicht allzu schwierig, sich vorzustellen, was geschehen war. Da aller Wahrscheinlichkeit nach das rundliche Mädchen mit den kurzen Haaren für die Internetpräsenz der Zeitung zuständig war, konnte dies nur ihr Werk sein. Und ihre Aussage ließ bloß wenig Platz für Fehlinterpretationen. Vermutlich hatte sich der alte Herausgeber an seiner jungen Helferin vergriffen, und daraufhin hatte sie Rache in Form dieses verurteilenden Schriftzuges genommen. Was tatsächlich vorgefallen war und ob sogar eine Vergewaltigung stattgefunden hatte, ließ sich nicht sagen. Aber zweifellos war es am Tag der Wollust passiert.

Aufgrund der Tatsache, dass Lynne stets alle Daten des Zwischenspeichers löschte, gab es für sie keine Möglichkeit mehr, auf den Blog der freiwilligen Journalistin zuzugreifen. Auch bei einer schnellen Suche mit einer Suchmaschine wurde sie nicht fündig. Vielleicht wusste Basil ja Bescheid, wo das Mädchen wohnte. Doch es gab eine Person, mit der Lynne noch viel lieber gesprochen hätte als mit der Journalistin; den sonderbaren Jungen, der ihr etwas mitteilen hatte wollen.

Nach einem Blick auf die Uhr schaltete Lynne den Laptop aus und verstaute ihn wieder in ihrem Koffer. Dann lehnte sie sich zurück und wartete. Ein dünnes Heftchen voller Rätselaufgaben leistete ihr Gesellschaft.

Wolken waren aufgezogen. Sie bedeckten den ohnehin schon eintönig grauen Himmel und ließen die ganze Stadt etwas düsterer erscheinen.

Lynne sah den sonderbaren Jungen schon von weitem. Er stand wie versprochen am Rand des Parks, direkt gegenüber dem Eingang des Polizeireviers, und starrte stur geradeaus. Nach einer Weile drehte er den Kopf in Lynnes Richtung, als hätte er sie aus den Augenwinkeln wahrgenommen – obwohl sie noch ziemlich weit entfernt war und von seinem Standpunkt aus nicht viel größer als ein Reiskorn sein konnte.

Langsam setzte sich der Junge in Bewegung, hielt jedoch bald wieder an, um sich zu bücken. In diesem Moment ging ein Mann an ihm vorbei; ein Herr in mittlerem Alter, der mit Anzug sowie Aktentasche unterwegs war und vermutlich gerade seine Mittagspause in dem Fastfood-Laden verbracht hatte.

Abrupt blieb der Mann stehen. Mit einer ruckartigen Bewegung, die selbst aus der Ferne unnatürlich wirkte, riss er seinen Oberkörper herum und gab dem Jungen einen so heftigen Schubser, dass dieser zurücktaumelte und fast in die den Park begrenzenden Hecken gefallen wäre.

Triumphierend hielt der Mann im Anzug etwas hoch. Er begutachtete dieses kleine Ding, das er zwischen den Fingern hielt, indem er es direkt vor seinem Gesicht positionierte. Schließlich konnte Lynne, die (nach dem heftigen Angriff auf den Jungen) ihr Tempo erhöht hatte und mittlerweile beinahe rannte, erkennen, was der Mann erbeutet hatte. Es handelte sich um eine Münze.

Als sich der Anzugträger grinsend umdrehte und davonmarschierte, wollte Lynne bereits zu einer Schimpftirade ansetzen. ›Wie kann man denn *ein Kind* bloß so brutal schubsen?‹, hätte sie dem Mann an den Kopf geworfen. Sie war nun keine hundert Meter mehr von dem Jungen entfernt.

Doch plötzlich stürzte sich eine leger gekleidete Frau, kaum älter als dreißig Jahre, auf den Anzugträger, der die Münze immer noch hoch erhoben vor sich herumtrug. Sie hatte aus einer jähen Eingebung heraus ihren Einkaufskorb fallen lassen, sodass ihre Einkäufe (wie etwa eine

Dose Ananasstückchen und eine Packung Tampons) über den Gehweg purzelten. Nachdem sie ein langgezogenes Fauchen ausstieß, versuchte sie die Münze zu greifen.

Es gab ein Handgemenge, das schnell ausartete. Keuchend ließ der Mann die Ellbogen kreisen, doch die Frau hatte bereits einen Klammergriff angewendet. Ein paar Mal versuchte er, seine Kontrahentin wegzustoßen. Dann beschloss die Frau, mit dem Mund nach den Händen ihres Gegenübers zu schnappen. Sie biss ihm in den Finger.

Zu diesem Zeitpunkt erreichte Lynne den Jungen, der die beiden streitenden Erwachsenen verblüfft beobachtete. Eilig packte sie ihn am Arm und zerrte ihn von den Kämpfenden fort. Als sie ganz nah bei ihnen gestanden hatte, hatte sie Blut gesehen – und erkennen können, dass es sich bloß um eine ganz gewöhnliche Münze handelte.

›Welche verrückten Idioten beißen sich wegen etwas Kleingeld schon die Finger ab?‹, wollte Lynne wissen, doch eigentlich kannte sie die Antwort bereits. Und es erschreckte sie, dass sie – während sie sich mit dem Jungen von dem Park entfernte – das Bedürfnis verspürte, zurückzulaufen und sich ebenfalls an dem Kampf um die Münze zu beteiligen.

An der nächsten Straßenecke warf Lynne noch einmal einen Blick zurück. Inzwischen hatten sich zwei weitere Leute eingefunden, die zunächst neugierig zugesehen hatten und kurz darauf in den Streit eingestiegen waren. Nun prügelten sich vier Menschen um etwas, das vermutlich nicht einmal einen obdachlosen Bettler hätte glücklich machen können.

»Es ist nicht ihre Schuld.«

Lynne hatte sich gegen die Wand des Reviers gelehnt. Sie befand sich in der Seitenstraße, und ihr gegenüber lag das Gebäude, in das der Kleinbus gekracht war. Irgendwie gab ihr der Anblick der zerstörten Fassade die Kraft, sich gegen den Drang zu wehren, jemanden zu bestehlen und alles Geld der Welt in ihre eigenen Taschen zu stecken.

»Es ist nicht ihre Schuld«, sagte der Junge erneut.

Jetzt erst fand Lynne gänzlich in die Realität zurück. Sie blickte den sonderbaren Jungen an und nickte schließlich.

»Ich weiß.«

Und sie überlegte eine gewisse Zeit lang, bis sie ihm die Frage stellte, die ihr auf der Zunge lag.

»Wessen Schuld ist es denn?«

»Das kann dir Lance sagen«, antwortete ihr Gegenüber sofort. »Wir gehen jetzt zu ihm.«

Zögerlich streckte der Junge seine Hand aus, doch Lynne ergriff sie ohne einen Hauch von Zweifel – und wurde aus der Seitenstraße herausgeführt. Ein letztes Mal blickte sie in Richtung des Parks.

Ihr Herz setzte einen Schlag aus, als sie plötzlich eine Gestalt über den Hecken schweben sah. Eine abgemagerte Dame, wie eine klagende Nonne, von unzähligen Blütenblättern bedeckt und die Hände zu einer Schale geformt. Eine erbärmliche Erscheinung ohne Lippen, die die beim nächsten Blinzeln schon wieder verschwunden war.

Aufgrund dessen, dass Lynne in eine andere Richtung ging, wäre sie fast gegen einen Mistkübel gelaufen. Was ging in ihrem Körper vor sich? Warum wurden die Menschen dieser Stadt von diesen Gespenstern beeinflusst?

Von dem sonderbaren Jungen geführt, versuchte Lynne, sich ganz auf ihn zu konzentrieren. Es war offensichtlich, dass er der Schlüssel zu dem Geheimnis war, das auf dieser verfluchten Stadt lag.

Lynne und der sonderbare Junge gingen durch die Straßen von *Sin City* und bewegten sich auf den Rand der Stadt zu – nicht auf jene Seite, auf der das Motel lag, sondern auf die gegenüberliegende. Dabei kamen sie nach und nach an einigen (sowohl modernen als auch baufälligen) Wohnhäusern vorbei, an einem (mit Müll in Form von zerknülltem Papier sowie Zigarettenstummeln bedeckten) Sportplatz, an mehreren (hauptsächlich durch einen einzelnen Inhaber geleiteten) Geschäften, und sogar an einem Ausläufer eines (mit Nadelbäumen bestückten) Wäldchens.

»Wie heißt du?«, hatte Lynne gefragt. Zwar hatte ihr der Junge geantwortet, hatte im Gegenzug ihren Namen jedoch nicht wissen wollen.

»Colin.«

Danach war es zu keinen weiteren Gesprächen gekommen, während sie sich zu zweit immer weiter aus dem Zentrum der Stadt entfernten. Sowieso schien es diesem Jungen unangenehm zu sein, mit ihr zu sprechen. Es wirkte, als wäre jedes Wort eine Anstrengung für ihn. Wenn er allerdings einen Satz formulierte, so besaß er Gewicht und war äußerst bestimmend.

›Das kann dir Lance sagen. Wir gehen jetzt zu ihm.‹

Wer war dieser Lance bloß, und was wusste er über die albtraumhaften Ereignisse, die dieses Städtchen heimsuchten?

Während Lynne darüber grübelte, bemerkte sie, dass Colin sie nicht länger in eine bestimmte Richtung führte. Tatsächlich kamen sie bereits zum zweiten Mal an der Fleischerei mit den roten Markisen vorbei.

»Warum gehen wir im Kreis?«, fragte Lynne und versuchte, neugierig (statt vorwurfsvoll) zu klingen.

»Wir werden verfolgt«, antwortete Colin.

Unauffällig blickte sich Lynne um. Jemand verließ die Fleischerei und brachte dabei die am Rahmen der Glastür angebrachten Glöckchen zum Läuten, und auf der gegenüberliegenden Straßenseite fuhr ein Radfahrer, doch Verfolger schien es keinen zu geben.

Dann allerdings, nachdem sie drei weitere Male abgebogen waren, fiel Lynne eine Person auf, die sich in einiger Entfernung an sie und den Jungen gehängt hatte. Dieser mysteriöse Verfolger war äußerst vorsichtig, weshalb sich Lynne fragte, wie der ständig nach vorne blickende Junge ihn entdeckt haben konnte.

Lynne sah, dass die weite Kapuze einer bräunlichen Windjacke den Kopf und einen Teil des Gesichtes dieses Verfolgers bedeckte – und fühlte sich plötzlich, als hätte ihr jemand in den Bauch geschlagen. Für sie gab es keinen Zweifel; der Kerl mit dem Kleintransporter hatte dieselbe Windjacke getragen. Jener Kerl, der sie hatte vergewaltigen wollen. Den sie getötet hatte. Genau, sie hatte getötet; sie hatte es getan. Beinahe hätte sie sich nicht mehr daran erinnern können.

»Ich hätte meine Waffe mitnehmen sollen«, presste Lynne zwischen den Zähnen hervor. Eigentlich hatte sie die Pistole bewusst im Motel gelassen, um Zwischenfälle zu vermeiden. Immerhin gab es die geringe Chance, dass sie (wie alle anderen Menschen in dieser Stadt auch) verrückt wurde und eventuell sogar jemandem wegen einer Kleinigkeit wie einer wertlosen Münze den Schädel wegpustete. Aber nun wünschte sie sich, sie hätte die Pistole eingesteckt, denn beim Anblick dieser Person samt Windjacke wurde ihr übel.

»Keine Konfrontation«, kam es aus Colins Mund, und seine Stimme klang zum ersten Mal kindlich; fast schon weinerlich. »Wir müssen uns beeilen. Wir haben fast keine Zeit mehr.«

Obwohl Lynne nicht genau wusste, was der Junge meinte, beruhigte sie ihn.

»Hab keine Angst, okay? Ich werde dem Verfolger nichts tun, solange er uns ebenfalls in Ruhe lässt.«

Doch der Verfolger hatte offenbar andere Pläne.

Je länger die Verfolgung dauerte, desto näher kam die Person mit Windjacke, und desto schneller wurde Colin — bis er schließlich zu rennen begann. Lynne ließ die Hand des Jungen los, damit er sich auf seine eigenen Schritte konzentrieren konnte, und lief hinter ihm her.

Nun hatte auch der Verfolger zu laufen begonnen und machte aus seinen Absichten kein Geheimnis mehr. Bald war er so nahe gekommen, dass Lynne seine Schuhe auf den Gehweg schlagen hören konnte.

Da ließ Colin zum dritten Mal die Ecke des Gebäudes neben der Fleischerei hinter sich und bog ab, um zwischen zwei Bäumen zu verschwinden.

»Nicht in den Wald«, flehte Lynne, doch der Junge war bereits von Asphalt auf Erdboden gewechselt. Also blieb ihr nichts anderes übrig, als ihm nachzulaufen, obwohl eine Verfolgung abseits der Straßen wohl wesentlich mehr Risiken bot.

Nachdem sie einen Blick über die Schulter geworfen hatte, rief Lynne dem Jungen vor ihr irgendetwas zu, doch unmittelbar danach wusste sie schon nicht mehr, ob ihre Worte einen Sinn ergeben hatten. Sie konnte nur noch daran denken, dass sie dem Verfolger entkommen und Colin in Sicherheit bringen musste.

Knapp zwei Minuten dauerte es, bis Lynne den Jungen gefunden und eingeholt hatte. Ohne auf ihn Rücksicht zu nehmen, griff sie ihm unter die Arme und hob ihn hoch.

In diesem Wäldchen standen die Bäume sehr dicht. Aufgrund des bewölkten Himmels drang nicht sehr viel Tageslicht ein. Zwar konnte man die Gebäude der Stadt noch erkennen, jedoch war sich Lynne nicht mehr so sicher, ob sie tatsächlich dorthin zurück wollte. Vielleicht war es vernünftiger, am Rand des Waldes zu bleiben. Oder tief in ihn hineinzugehen. Von dem Verfolger gab es momentan jedenfalls keine Spur.

Unschlüssig lief Lynne zwischen den Bäumen hindurch, bis ihr Fuß an einer Wurzel hängen blieb und sie auf den Boden fiel. Der kreischende Schmerz fuhr vom Kinn aus durch den ganzen Kopf und noch weiter. Sie wurde ohnmächtig.

›Bald ist es geschafft, meine Damen und Herren aus aller Welt! Ich freue mich, Ihnen mitteilen zu können, dass bereits achtzig Prozent aller Interessenten einen Vertrag mit uns abgeschlossen haben. Sie werden nicht enttäuscht sein. Am vorletzten Tag der Präsentation kommen wir zum sechsten von insgesamt sieben *SIN*.

Eine vorletzte Frage also noch. Ist Ihnen schon einmal *Hochmut* untergekommen? Aber bestimmt ist er das. Besonders, wenn wir uns einer Sache ziemlich sicher sind. Aber es ist nur natürlich, nicht wahr? Je öfter wir etwas tun, desto geübter werden wir darin. Und je geübter wir in etwas sind, desto leichter fällt es uns. Es schleichen sich keine Fehler mehr ein. Ah, aber Vorsicht, wenn Sie zu selbstsicher an die Sache herangehen. Respektieren Sie, was Sie tun, sonst kann es passieren, dass Sie sich im wahrsten Sinne des Wortes in den Finger schneiden.

Übermut tut selten gut, so lautet ein bekanntes Sprichwort. Und es entspricht der Wahrheit. Manchmal sind wir so vom Erfolg einer Handlung überzeugt, dass wir die offensichtlichen Risiken ausblenden und gegen eine Wand laufen. In der Ruhe liegt die Kraft, das sollten Sie berücksichtigen.

Und was ist mit Stolz? Eigentlich ist es nicht verwerflich, stolz auf die eigenen Fähigkeiten zu sein. Eitelkeit jedoch hat ein hässliches Gesicht. Versuchen Sie, Ihr Gegenüber zu überraschen, indem Sie frei von Zwängen agieren. Es wäre angebracht, ab und an aus der Rolle zu fallen. Aber aus reinem Stolz zu handeln, das kann in die Hose gehen.

Vielleicht ist es bei unseren Versuchssubjekten genauso. Einen kostenlosen Versuch ist es wert.‹

Brent konnte sich ein Lachen nicht verkneifen. Sie saß auf einem alten Bänkchen in der Nähe des Eingangstores zum Friedhof. Gutgelaunt beobachtete sie die Kinder, die in der Nähe spielten. ~~Wie unschuldig die doch noch waren. Wussten nichts von einem Leben voller Entbehrungen. Hatten keine Ahnung, wie es war, auf grundlegende Dinge wie Nahrung zu verzichten, sogar auf Zuneigung, denn in der Not war man sich selbst am Nächsten.~~

»Entschuldigen Sie, ist Ihnen nicht kalt?«, ertönte die Stimme einer Frau.

Mit zusammengekniffenen Augen starrte Brent die fremde Frau an, die soeben aus dem Friedhof spaziert war. Dann sah sie an sich selbst herab. Ein langer Mantel über einem Kostüm, darunter Strumpfhosen. ~~Warum sollte ihr kalt sein? Weil sie nur leichtes Schuhwerk trug? Weil sie keine Handschuhe mitgenommen hatte? Keinen Schal um den Hals gewickelt? Keine Haube auf den grauen Haaren?~~

»Mir geht es blendend«, erwiderte Brent unwirsch. »Also kein Grund zur Sorge.«

~~Die fremde Frau wirkte, als hätte sie etwas auf dem Herzen. Als hätte sie ihr Gegenüber nur angesprochen, um nach dem Schweigen auf dem Friedhof ein paar Worte aus ihrer Kehle stoßen zu können. Aber für solchen Unsinn hatte Brent keine Zeit.~~

»Wissen Sie, meine Mutter hat Ihnen sehr geähnelt«, fuhr die Frau fort. »Wenn es kalt war, haben wi–«

»Lassen Sie mich damit in Ruhe!«, fauchte Brent und stand auf. Mit unsicheren Schritten stapfte sie davon. Dabei fiel ihr der Hausschlüssel aus der Tasche, doch sie hörte das Klimpern wegen der in der Nähe lärmenden Kinder nicht.

»So warten Sie doch!«, schrie ihr die fremde Frau hinterher. Eilig brachte sie die paar Meter hinter sich und bückte sich nach dem Schlüssel.

Brent wandte sich im Gehen um und verzog grimmig das Gesicht. ~~Sie konnte es überhaupt nicht leiden, wenn sich junge Menschen immer in die Angelegenheiten der Alten einmischten. Verflixt noch mal, die Alten waren durchaus in der Lage, sich um sich selbst zu kümmern. Und wovon verstanden die Jungen überhaupt etwas? Hatten keine Sorgen, keine einzigen Sorgen, wohl wahr, wohl wahr.~~

»Ich sagte doch schon, lassen Sie mich in Ru–«

Das Auto erfasste Brent frontal. Ihr bereits in Mitleidenschaft gezogener Körper krachte auf die Motorhaube, welche er rutschend überquerte. Brent war schon tot, bevor sie seitlich des Fahrzeuges auf dem Asphalt aufschlug.

~~Vergib ihnen, denn sie wissen nicht, was sie tun.~~

SUPERBIA

Lynne erwachte in einem leeren Raum, der kaum größer als ein durchschnittliches Badezimmer eines Einfamilienhauses war. Außer der eiförmigen Lampe, die von zwei Meter Höhe jeden Winkel in dieser Kammer erhellte, gab es keinerlei Einrichtung.

Alles um sie herum war weiß; ein weißer Boden, weiße Wände, eine weiße Decke, und sogar die Tür war in derselben freudlosen Farbe gestrichen worden. Selbst das Licht war kein warmes, sondern gab sich so kalt wie ein leeres Blatt gebleichtes Papier.

Dass Lynne vollkommen nackt war, bemerkte sie erst, als sie sich rührte. In dieser kleinen Kammer war es angenehm warm, sodass ihr ihre Kleidung nicht gefehlt hatte. Nun allerdings, während sie sich aufrichtete, überkam sie Panik – doch bevor sie sich ernsthafte Sorgen machen (oder auf den intensiven Schmerz in ihrem Nacken reagieren) konnte, öffnete sich die Tür.

»Es ist Mitternacht. Noch vierundzwanzig Stunden.«
Jemand trat ein.

Vermutlich zwanzig Jahre alt, hochgewachsen, schmal, mit einem ausdruckslosen Gesicht, stechende hellgraue Augen, schwarzes zerzaustes Haar, ein weißes Sweatshirt am Oberkörper, den Unterkörper in ausgewaschenen Jeans, schmutzige Zehen, von Stiften verschmierte Finger, und die Stimme so schneidend wie eine Klinge.

»Ich hätte Sie spätestens jetzt aus Ihrem süßen Schlaf geholt, wenn Sie nicht von alleine aufgewacht wären.«

Lynne konnte nicht klar denken. All ihre Instinkte forderten sie dazu auf, diesen Fremden unschädlich zu machen und von hier zu fliehen. Doch ihre Schmerzen ließen sie nur zaghafte Bewegungen vollführen. Mit etwas Mühe schaffte sie es, von ihrer liegenden Position aus in eine Art Schneidersitz zu wechseln. Von dem grellen Licht irritiert, bedeckte sie mit zitternden Armen ihre Brüste.

»Also, ich bin ... eben erst aufgewacht«, gab sie von sich – und bemerkte dann, dass sie sich keineswegs rechtfertigen musste. »Warum bin ich nackt?«

Ihr unscheinbares Gegenüber nickte und drehte sich zur Wand direkt neben der Tür.

»Ich musste sichergehen, dass Sie keine Aufspürgeräte an oder in Ihrem Körper tragen.«

Es dauerte einige Sekunden, bis Lynne sich über die genaue Bedeutung dieser Worte bewusst wurde. Wenn ihr Gesprächspartner von Geräten ›in‹ ihrem Körper sprach, wie konnte man das missverstehen? Ob er ihr zwischen die Beine gegriffen hatte? Oder sogar rektal eingedrungen war? Bei diesem Gedanken musste Lynne stöhnen.

»Keine Bange, ich bin asexuell und war auch ganz vorsichtig«, versuchte der Fremde sie zu beruhigen. Mit einer flüssigen Bewegung ließ er ein Fach aus der Wand klappen. Die dort versteckte Kleidung schnappte er sich und warf sie Lynne vor die Füße.

Wie gerne hätte sich Lynne sofort all ihre Klamotten übergestreift. Doch sie war zu schwach. Vorerst musste sie sich damit begnügen, die Beine vor ihren Körper zu stellen und ihre Knie zu umklammern. Mit glasigen Augen musterte sie ihr Gegenüber.

»Wer zum Teufel bist du?«, fragte sie, denn das war alles, was ihr in dieser Situation einfiel.

Ein überhebliches Grinsen huschte über das Gesicht des mysteriösen Fremden.

»Ich bin Lance.«

Dieser Name war schon einmal gefallen.

Das war der Typ, zu dem Colin sie hatte bringen wollen? Und da zuckte Lynne zusammen.

Was ist mit Colin geschehen? Was war in diesem Wäldchen passiert?

»Colin ist in Sicherheit«, erklärte Lance, der Lynnes Gedanken zu lesen schien. Er hockte sich auf den Boden und gähnte.

»Du kennst Colin also?«

»Er ist mein kleiner Bruder.«

»Er ist ... etwas merkwürdig.«

»Er ist Autist.«

»Oh, tut mir leid.«

»Muss es nicht. Er ist etwas Besonderes.«

»Ja, kann man wohl sagen. Und du scheinst auch ... nicht ganz gewöhnlich zu sein.«

»Asperger-Syndrom; eine nicht allzu tragische Form des Autismus.«

»Noch nie davon gehört. Was bewirkt es?«

»Ist bei jedem Menschen unterschiedlich. Manche entwickeln eine hohe Intelligenz, versteifen sich aber auf ein bestimmtes Themengebiet, während die Sozialkompetenz leidet. Menschen mit Asperger-Syndrom, und vor allem

Kinder, werden oftmals als antriebslos oder weltfremd bezeichnet, sind nach gewissen anfänglichen Schwierigkeiten jedoch treue Freunde und können in ihren bevorzugten Tätigkeiten großartige Leistungen vollbringen. Dieses bestimmte Verhaltensmuster wurde nach einem österreichischen Mediziner benannt.«

»Und du? Was ist deine *bevorzugte Tätigkeit*?«

»Mörder zu schnappen.«

Da brach das Gespräch für einen Moment ab, da Lynne sich die Schläfen massieren musste.

»Diese Stadt«, murmelte sie.

›Macht mich wahnsinnig‹, hätte sie gerne hinzugefügt.

»Heimgesucht von den Todsünden«, meinte ihr Gegenüber.

Lynne nickte langsam.

»Jeder einzelne Mensch in dieser Stadt ist einem Verrückten ausgeliefert. Wir sollten allerdings später darüber sprechen. Ich muss erst einmal überprüfen, ob Colin noch schläft.«

Mit einem Schwung katapultierte sich Lance in eine aufrechte Position.

»Moment!«, rief Lynne.

Fragend blickte Lance sie an.

»Wie bin ich hierhergekommen?«, wollte Lynne wissen.

»Colin ist gestern zu mir gelaufen und hat gemeint, Sie wären im Wäldchen einen halben Kilometer von hier zusammengebrochen. Natürlich hat er darauf geachtet, dass Ihr Verfolger nicht in der Nähe ist, aber der hat anscheinend das Interesse an Ihnen verloren. Ich habe einen gewissen Herrn Smithers angerufen, der laut Internet ein kleines Taxiunternehmen betreibt. Wie ich später bemerkt habe, fährt dieser Herr Smithers seine Kunden mit seiner Rostlaube durch die Stadt, aber der Zweck heiligt die Mittel, wie man so schön sagt. Ich habe ihm glaubhaft gemacht, dass Sie meine Mutter sind und unter Narkolepsie leiden, und er hat Sie vor der Tür abgeladen.«

»Aha«, machte Lynne, denn mehr fiel ihr dazu nicht ein.

Lance drehte ihr den Rücken zu.

»Eine Frage noch.«

»Ja?«

»Warum bin ich hier?«

Lance kratzte sich am Kopf.

»Tatsache ist, dass ich Sie brauche, Lynne Belle.«

»Zu welchem Zweck?«

»Wir müssen diesen Horror stoppen, bevor der morgige Tag anbricht. Wenn die siebte Todsünde namens Zorn in *Sin City* wütet, werden alle Einwohner sterben.«

Lance hatte den Raum verlassen, aber Lynne blieb noch fünf oder zehn Minuten ruhig sitzen. Mittlerweile überraschte sie nichts mehr; seit ihrer Ankunft in dieser Stadt waren zu viele merkwürdige Dinge geschehen. Während sie allerdings ihr Gehirn darauf eingestellt hatte, all diese (teilweise unwirklichen) Vorkommnisse zu akzeptieren, zeigte sich ihr Körper überaus erschöpft. Auch wenn es nur fünf oder zehn Minuten auf dem Fußboden waren – Lynne benötigte sie dringend. Reglos und still tauchte sie in eine gemütlichere Welt ein.

Nachdem sie ihre Klamotten angezogen und die Tür der Kammer hinter sich geschlossen hatte, fand sich Lynne in einem dunklen Gang wieder. Aus einem offenstehenden Zimmer zu ihrer Rechten drang ein schwacher Schein zu ihr herüber. Es war ein Nachtlicht; ein winziges Lämpchen in Form eines grünen Pilzes mit weißen Punkten, welches auf einem niedrigen Tischchen stand. Daneben befand sich ein wuchtiger Couchsessel, auf dem Colin friedlich schlief. Er hatte sich auf den Rücken gedreht und war in eine karierte Decke eingewickelt. Lance hingegen stand im Türrahmen zur Linken, und er winkte Lynne zu sich.

Man konnte auf Anhieb erkennen, dass diese Wohnung nur provisorisch eingerichtet war. Im an den Gang grenzenden Wohnbereich standen zwar mehrere Tische, auf denen ein Laptop sowie einige Stapel von Büchern und Heften lagen, Möbel zur Aufbewahrung wie Kästen gab es jedoch keine. In der hinter einem schmalen Durchgang versteckten Küche waren alle Gebrauchsgegenstände – also Töpfe und Besteck beispielsweise – auf dem mittig gelegenen Arbeitsbereich verteilt, während die Schränke vermutlich leer geblieben waren. An keiner der Steckdosen war ein elektronisches Gerät angeschlossen; nicht einmal ein Kabel hing daran. Zwar war das von den Brüdern getragene Gewand fein säuberlich zusammengelegt worden, es befand sich aber quer über das Sofa verteilt.

»Möchten Sie etwas trinken?«, fragte Lance.

»Kaffee«, antwortete Lynne, noch unfreundlicher als sie es in Basils Apartment getan hatte.

»Ich kann Ihnen leid–«

»Tee«, unterbrach Lynne ihr Gegenüber, nachdem sie den Wasserkocher in der Küche erblickt hatte. »Schwarztee, wenn möglich.«

»Eine ausgezeichnete Wahl«, sagte Lance und grinste. Er verschwand nach nebenan und bereitete seinem Gast das Heißgetränk zu. Mit einem ehrlichen Lächeln drückte er Lynne zwei Minuten später den Becher mit der dampfenden Flüssigkeit in die Hand.

Als Lynne einen Schluck zu sich nahm, empfing sie das herbe Aroma (in ihrer Nase und auf ihrer Zunge) seufzend. Auf dem Zettelchen des im Becher treibenden Teebeutels stand *Ultimate Ceylon* geschrieben.

»Du weißt also, wie ich heiße?«, wollte Lynne von Lance wissen, der sie am Ende ihres Gespräches im leeren Raum mit vollem Namen angesprochen hatte. Sie lehnte sich gegen einen der Tische und stellte ihren Becher nach einem weiteren Schluck ab.

Obwohl er vorhin noch voller Tatendrang gewirkt hatte, ließ sich Lance nun müde auf einen Hocker sinken. Mit dem Kopf deutete er in Richtung des Laptops.

»Ich habe einen Freund, der sich als Hacker ein bisschen Geld dazuverdient«, erklärte er leise. »Als ich von Colin erfuhr, dass eine nicht in dieser Stadt lebende Frau zum Polizeirevier gebracht wurde, ließ ich Sie sofort überprüfen. Es war ein Leichtes für meinen Freund, Ihren Namen herauszufinden. Und dass Sie Detective aus einer Abteilung für das Aufspüren von vermissten Personen sind. In einer Stadt, in der man schon als Inhaber eines Kiosks taff sein muss. Da wusste ich, dass Sie die beste Wahl für dieses Unterfangen sind.«

»Für dieses *Unterfangen*«, wiederholte Lynne langsam. »Um diese Stadt vor einem Verrückten zu retten, ja? Warum kannst du das nicht die Polizei erledigen lassen? Und warum schickst du deinen kleinen autistischen Bruder, um mich zu holen?«

Lance senkte den Kopf, als Lynnes Stimme lauter geworden war. Er fühlte sich offensichtlich schuldig.

»Tut mir leid, das ... geht nicht«, meinte er und zog eine Grimasse.

»Wieso?«

Nervös trommelten die Fingerspitzen des Jugendlichen aufeinander.

»Ich kann nicht aktiv helfen, weil mich etliche Zwangsneurosen plagen. Außerdem habe ich Angststörungen, darunter beispielsweise Kairophobie, wirklich heftig muss ich sagen, Neophobie, Soziophobie, Aphephosmophobie, Agoraphobie, Zoophobie, und noch einige weitere.«

»Oh«, machte Lynne, da sie nicht wusste, was sie sagen sollte. Sie wusste nicht einmal bei der Hälfte dieser Phobien-Namen, welche Ängste sie eigentlich beschrieben.

»Bezüglich der Polizei macht es nicht viel Sinn, sie darüber zu informieren, was in dieser Stadt vor sich geht. Chief Jones und seine Officer haben schon genug damit zu tun, sich um die vielen verrückt gewordenen Einwohner zu kümmern. Als ich vor etwa acht Tagen herausgefunden habe, was für diese Stadt geplant ist, hätte ich ein paar zuständige Behörden informieren können – das gebe ich durchaus zu. Allerdings habe ich, bis auf einige wenige abgefangene E-Mails, keinerlei Beweise, und leider läuft uns die Zeit davon. Außerdem; sagen Sie mir ehrlich, wer würde *so etwas* glauben?«

»Du denkst, dass morgen etwas Schlimmes passiert?«, hakte Lynne nach. »Erklär mir bitte alles von Anfang an.«

Nun stand Lance auf, um im Wohnbereich auf und ab zu gehen, den Kopf nachdenklich gesenkt.

»Schon immer habe ich nach Möglichkeiten gesucht, Gerechtigkeit walten zu lassen. In meiner Kindheit habe ich Detektivclubs gegründet und jede freie Minute in der Gegenwart eines mit meinem Vater befreundeten Polizisten verbracht. Als ich erwachsen wurde, habe ich angefangen, anders zu denken. Aktiv zu handeln. Habe mir im Internet Freunde gemacht und Schurken gesucht. Wenn man sich gründlich damit beschäftigt, ist es nicht sonderlich schwierig, auf Syndikate von Dieben oder Schmugglern zu stoßen. Mein erster ›Fall‹, wenn ich das so nennen darf, war die Wiederbeschaffung einer reinrassigen Nacktkatze für eine ältere Kundschaft, die mich reich entlohnt hat. Daraufhin habe ich mir größere Ziele gesteckt. Mein bisher beeindruckendster Erfolg war die Zerschlagung eines Jägertrupps, der drauf und dran war, Elefanten in einem bestimmten Gebiet Afrikas wegen ihres Elfenbeines auszurotten. Ich habe dutzende Exemplare gerettet, und dafür habe ich nicht einmal mein Haus verlassen müssen. Und es fühlt sich gut an, Verbrechern das Handwerk zu legen, auch wenn man es nur indirekt macht. Vielleicht hat mein Asperger-Syndrom etwas damit zu tun, dass ich diese Vorliebe habe, aber die gewalttätigen Jugendlichen in meiner Heimatstadt sind bestimmt auch nicht ganz unschuldig daran.«

»Kinder mit Autismus haben es bestimmt nicht leicht«, überlegte Lynne.

»Ich wurde beinahe jeden Tag gemobbt oder verprügelt. Colin allerdings hat es viel schlimmer getroffen als mich.«

»Das tut mir leid für ihn.«

»Muss es nicht«, raunte Lance und zuckte mit den Schultern – in einer resignierenden Art, die zustande kommt, wenn man begreift, dass sich an gewissen Sachen nichts ändern lässt.

»Habt ihr kein Zuhause?«, wollte Lynne wissen, da sie sich ernsthaft um Colin (und auch ein wenig um seinen älteren Bruder) sorgte. »Was ist mit euren Eltern?«

»Beide gestorben. Mutter kurz nach Colins Geburt. Vater vor zwei Jahren. Mein Zuhause ist dort, wo Colin ist.«

Lynne stutzte und schüttelte dann den Kopf.

»Was ist mit Schule?«

»Ich bin auch ohne dieses ach so wichtige Schulwissen doppelt so intelligent wie Sie«, meinte Lance ohne eine Spur von Prahlerei, denn er meinte es todernst. »Und mein Bruder ist weitaus intelligenter als Sie und ich zusammen. Alleine sind wir vielleicht ein wenig hilflos, aber zusammen haben wir noch alles bewältigt.«

»Und du packst deinen Bruder einfach ein und verfolgst mit ihm einen Wahnsinnigen quer durch das Land?«, fragte Lynne, die sich immer noch nicht ganz mit der Situation angefreundet hatte.

Lance blickte sie müde an.

»Wir haben genug Geld, um uns über Wasser zu halten. Und es geht nur um uns. Wir sind niemandem Rechenschaft schuldig, verstehen Sie? Wir wohnen mal hier und mal dort, machen was wir wollen, je nach Lust und Laune, und in diesem speziellen Fall sind wir eben einem Mörder auf den Fersen.«

»Hm«, machte Lynne und rieb sich die Stirn.

»Vor eineinhalb Jahren stieß ich im Internet auf eine zwielichtige Webseite, auf der Wetten angeboten wurden«, fuhr Lance unberührt fort. »Nach einigen Recherchen erkannte ich, dass die Praktiken des Betreibers kaum legal sein konnten. Es stellte sich heraus, dass Drogen im Spiel waren, und zwar keine harmlosen Exemplare für wilde Partys oder dergleichen, sondern extrem gefährliche. Dank der Hilfe meines Freundes, des Hackers, habe ich im Laufe der Zeit mehr und mehr über den Betreiber der Webseite herausgefunden. Seit zwei Monaten folge ich ihm nun schon durch das Land, und zuletzt ließ er sich hier nieder. Und das eine Woche, bevor Sie hier in *Sin City* ankamen.«

»Also eine Woche, bevor dieses Chaos begonnen hat.«

»Es handelt sich um eine Art Experiment, das zeigen soll, wie sich Menschen verhalten, wenn sie bestimmten Gefühlen ausgesetzt sind. Diese werden durch den Einsatz von Drogen im Gehirn der Leute simuliert. Dabei sind die Drogen in einer Beziehung miteinander aufgebaut, sodass stets bestimmte Eigenschaften verstärkt oder unterdrückt werden. In diesem Fall wurden die sieben Wurzellaster aller Sünden gewählt. Man versucht, die Einwohner dieser Stadt gewisse Verhaltensmuster aufzuzwingen. Sie in lebende Todsünden zu verwandeln, sozusagen. Das wäre möglicherweise alles nicht so schlimm, würde es mittlerweile nicht schon über vierzig Tote geben.«

»Vierzig?«, hauchte Lynne ungläubig.

»Viele von ihnen wird die Polizei erst Wochen später finden«, meinte Lance und strich sich das Haar aus der Stirn.

»Und welchen Zweck hat das Ganze?«

»Darüber kann man nur spekulieren. Ich denke, dass der Betreiber der Webseite einem Unternehmen angehört, das Chemikalien entwickelt. Vielleicht sind Aktionen wie diese eine Möglichkeit, diese Drogen unter realen Bedingungen zu testen. Und die Wetten im Internet könnten eine Möglichkeit sein, auf ihre Wirkung aufmerksam zu machen. Man kann sie ja schlecht in einer Zeitung bewerben. Gewiss lassen sie sich gewinnbringend an Hersteller von Medizinprodukten oder das Militär verkaufen.«

Kaum vorzustellen, was man mit solchen Präparaten alles bewerkstelligen könnte. War man in der Lage, Menschen gezielt zu beeinflussen, also ihre Emotionen und somit auch ihre Taten zu steuern, konnte man so einige Dinge anstellen – sich einen Vorteil verschaffen, Verhandlungen sabotieren, Gerichtsverfahren manipulieren, den Ausgang eines Krieges verändern.

Lynne erschauderte.

»Und wie funktioniert das? Wie können so viele Leute gleichzeitig davon beeinflusst werden?«

»Ich weiß es nicht genau. Durch die Luft, die wir atmen. Durch das Wasser, das wir trinken. Eigentlich könnte das Zeug überall sein.«

Mit gerunzelter Stirn blickte Lynne auf ihren mittlerweile leergetrunkenen Becher.

»Das war abgefülltes Trinkwasser«, beruhigte Lance sie. »Hier sind wir sicher.«

»Noch«, flüsterte Lynne.

»Genau, denn morgen um diese Zeit wird *Sin City* zum Schlachtfeld.«

Was für ein schaurig passendes Wort; ›Schlachtfeld‹.
Nichts Wünschenswertes.

Lynne hatte die Erlaubnis bekommen, sich auf dem Sofa
auszuruhen. Sie war bald eingeschlafen, wurde von ihrem
Gastgeber jedoch noch vor Sonnenaufgang geweckt.

»Bereit?«, fragte Lance grinsend.

»Wie kann man dafür bereit sein?«, entgegnete Lynne
und erhob sich. Es war besprochen worden, dass sie sich
in der Stadt umsah, um diejenige Person zu finden, die
diese vormals so friedliche Stadt in einen Sündenpfuhl
verwandelt hatte – möglichst vor Ablauf der nächsten
zwanzig Stunden.

»Colin wird Sie begleiten.«

Und da stand er auch schon, der Junge mit dem ausdruckslosen Gesicht.

»Das kommt gar nicht in Frage«, raunte Lynne, als sie
nach ihrem Mantel griff. »Es ist viel zu gefährlich.«

»Auf ihn haben die Chemikalien scheinbar keinen Einfluss«, erklärte Lance, während er seinen Bruder half, sich
eine Jacke anzuziehen.

»Und wenn schon. Gestern wäre er wegen etwas so Un-
bedeutendem wie einer Münze beinahe totgetrampelt
worden.«

»Er kann helfen«, meinte Lance.

»Ich will helfen«, sagte Colin mit Überzeugung.

Lynne blickte den Autisten an und rang mit sich selbst.
Dann ergriff sie seine Hand und führte ihn zur Eingangstür, an deren Schwelle sie noch einmal stehen blieb und
sich umdrehte.

»Falls wir es nicht schaffen ...«

»Dann ist es eben so«, murmelte Lance und kritzelte etwas mit einem dicken Filzstift auf ein Blatt Papier.

Lynne trat aus der Doppelhaushälfte, in welcher Lance und Colin untergekommen waren, ins Freie, und sofort schlug ihr der kalte Wind entgegen. Es war noch dunkel, aber das Licht des Mondes verhinderte, dass alles in der drohenden Finsternis verschwand. Abgesehen von einem leisen Dröhnen aus weiter Entfernung, konnte man kein Geräusch vernehmen. Auf den Straßen war niemand unterwegs.

›Alles schläft.‹

Es begann zu schneien. Ein letztes Aufbegehren des Winters, der eigentlich bereits dem Frühling hätte weichen sollen. Irgendwie hatte es etwas Beruhigendes an sich. Über den Köpfen aller sprangen reinweiße Kristalle aus der Dunkelheit und wurden am Ende ihrer lautlosen Reise zu einem großen Ganzen, das sich alles einverleiben und schließlich alle Straßen und Gebäude überzogen haben würde.

›Irgendein ... verrücktes Individuum terrorisiert diese Stadt‹, sprach Lynne in Gedanken zu sich selbst. ›Ich muss das verhindern, sonst wird es noch mehr Tote geben. Aber wo fange ich an zu suchen? Wie ist es möglich, alle – oder fast alle – Bewohner dieser Stadt gleichzeitig zu beeinflussen? Ich selbst war doch ebenfalls betroffen, meist direkt nach dem Aufstehen, oder etwa nicht? Wie ist das möglich?‹

»Wir suchen, und wir finden«, meinte Colin.

Lynne wurde aus ihren Gedanken gerissen und blickte den Jungen an ihrer Seite an.

›Können wir wirklich eine Lösung finden? Ist es möglich, aus diesem Kampf als Sieger hervorzugehen? Wenn es denn überhaupt ein Kampf ist. Wie hat es Lance genannt? Schlachtfeld. Auf einem Schlachtfeld gibt es keine Sieger.‹

»Okay«, sagte sie lächelnd.

Während der sonderbare Junge allerdings aus Überzeugung gesprochen hatte, war Lynne bereits von der nächsten Todsünde, dem Hochmut, gepackt geworden.

Es ist stets etwas Besonderes, wenn Schnee fällt. Für manche ist es wie eine Belohnung. Für manche ist es wie eine Bestrafung. Die einen können es kaum erwarten, sich auf einen Schlitten zu setzen und einen Hang hinunter zu sausen. Und genießen es, warme Getränke an das Bett gestellt zu bekommen. Die anderen zerbrechen sich darüber den Kopf, wie man die lebenswichtige Landwirtschaft vor schlimmen Auswirkungen bewahren kann. Und grübeln darüber, ob genügend Geld vorhanden ist, um für die steigenden Heizkosten aufzukommen. Schade eigentlich, dass es meist nur die Kinder sind, welche sich am Schnee erfreuen können.

Tatsache jedoch ist, dass diese Form des Niederschlages etwas Magisches an sich hat.

Fragt ein blinder Mensch, wie er denn aussieht, kann man wie folgt antworten. ›Wenn er wie kleine funkelnde Kristalle auf die Erde fällt, überzieht er die ganze Landschaft mit einer einheitlich weißen Decke, sodass alles gleich aussieht.‹

Fragt ein tauber Mensch, welches Geräusch er denn macht, kann man wie folgt antworten. ›Eigentlich ist er lautlos und saugt andere Geräusche sogar auf, sodass alles ruhiger wird.‹

Und beide würden ›Das ist schön.‹ sagen.

Zuerst kehrte Lynne zum Motel zurück. Sie suchte ihr Zimmer auf und drehte sich nach dem Eintreten instinktiv zu dem Gegenstand um, der irgendwann in den letzten Stunden zum wichtigsten Werkzeug überhaupt geworden war. Mit einem Ruck zog sie an ihrer Pistole und ließ sie in ihre Gesäßtasche gleiten. Dann wischte sie sich den Schnee vom Kopf.

Als nächstes stand ein Besuch bei Basil an. Nicht bei seinem Apartment, sondern auf dem Polizeirevier, denn das Licht in den Fenstern war weithin zu sehen gewesen. Basil war kurz nach Mitternacht aufgewacht und hatte nicht mehr einschlafen können. Unruhig war er herumgestapft, bis er sich dazu entschlossen hatte, an den Ort zu gehen, an dem er sich fühlte, als würde er wenigstens über ein klein wenig Macht verfügen. Mit dem von Erschöpfung gezeichneten Gesicht in den Handflächen vergraben, saß er an seinem Schreibtisch und stieß Seufzer aus.

»Wer ist denn der kleine Kerl?«, fragte er, als den Kopf hob und Colin bemerkte.

»Das ist das Kind, das mir das Leben gerettet hat«, erklärte Lynne und fuhr dem Jungen mit den Fingern durch das kurzgeschnittene Haar, was ihn zuerst leicht zusammenzucken und danach leise kichern ließ. »Schon etwas herausgefunden?«

»Es ist hoffnungslos«, presste Basil hervor. »Weil heute Samstag ist, haben die meisten Behörden geschlossen, und morgen werde ich ebenso keine Auskunft erhalten. Gestern habe ich nicht viel herausgefunden, obwohl ich mich dumm und dämlich telefoniert habe. Es gab diese Woche keine Vorkommnisse, weder beim Stromnetz noch bei der Kanalisation, einfach gar nichts. Außerdem habe ich die Läden in der Stadt abgeklappert. Laut den Eigentümern hat es keine außergewöhnlichen Lieferungen gegeben. Auch hat niemand Verdächtiges die Geschäftsräume betreten. Jedenfalls gibt es keine Anzeichen, dass irgendjemand irgendetwas manipuliert hätte. Chief Jones hat keine Beschwerden bekommen, die mit unserem Problem in Verbindung stehen. Außer den Meldungen, dass sich die Leute gegenseitig umbringen, versteht sich. Angeblich hat es einen Einbruch in einem Einfamilienhaus gegeben, aber wir haben keine eindeutigen Beweise gefunden. In der Nähe des Parks haben wir ein zertrampeltes Etwas gefunden, das eine Kamera oder ein Mikrophon gewesen sein könnte, aber das hilft uns auch nicht weiter. Es ist einfach hoffnungslos.«

Lynne überlegte eine Weile, dann machte sie Basil einen Vorschlag.

»Weißt du?«

»Hm?«

»Sag den Leuten einfach, dass sie morgen ihr Zuhause auf keinen Fall verlassen sollen. Dass sie vorsichtig sein sollen. Nachdenken.«

»Welchen Leuten?«, fragte Basil seufzend.

»Allen, die es hören wollen.«

Basil nickte langsam.

»Wenn das alles ist, was wir tun können ... mhm.«

›Es ist einfach hoffnungslos.‹

Es war nur eine Phrase, aber nach und nach schienen die Worte an Gewicht zuzulegen. Als würde jemand die Buchstaben in die Gehirne der Beteiligten gravieren. Hoffnungslosigkeit – vielleicht war es das, was sie erwartete.

Lynne sprach noch eine Weile mit Basil, dann tauschten sie ihre Telefonnummern aus. Schließlich verabschiedete sich Lynne, um sich gemeinsam mit Colin auf die Suche nach dem Verrückten zu machen. Auf die Suche nach einer Lösung für das tödliche Problem dieser Stadt. Der sternenklare Himmel hatte eine dunkelblaue Färbung angenommen. Bald schon würde die Sonne aufgehen.

»Boss, ich brauche ein paar Wochen Urlaub, klar?«, hatte Lynne zu ihrem Vorgesetzten gesagt. Sie war einfach in den Raum gestürmt, ohne anzuklopfen, und hatte sich auf den protzigen Schreibtisch gestützt.

Langsam hatte sich der obere Teil des schweren Rollstuhls gedreht, und das kantige Gesicht von Lynnes sehr strengem Vorgesetzten war erschienen.

»Und warum?«

»Warum nicht, so sollte die Frage lauten!«, hatte Lynne geschrien, und es war ihr egal gewesen, wer sie so hysterisch brüllen hatte hören können. »In der gesamten Abteilung zerreißt man sich das Maul, wegen meiner Trennung, dabei geht das nur mich etwas an! Mich ganz allein, verstanden? Dabei sollten sich meine werten Kollegen wegen der Sache mit dem Hypnotiseur das Maul zerreißen! Wir haben die drei besten Detectives verloren! Aber, was für ein Zufall, es scheint niemanden zu interessieren, oder? Es interessiert *niemanden*!«

Lynne hatte mit der Faust auf den Tisch geschlagen. Sie hatte erwartet, dass ihr Vorgesetzter sie aufs Übelste beschimpfen würde. Sie zurechtweisen. Sie suspendieren. Aber er hatte sich nach vorne gelehnt und genickt.

Immerhin waren es seine Männer gewesen. Er hatte den Verlust von Steve beklagt. Den von Pete ebenso, obgleich es ihm in diesem Fall leichter gefallen war, da er keiner kreischenden Witwe etwas erklären hatte müssen, das sie nicht verstehen wollte. Und das Schicksal von Matt war ein ganz eigenes Kapitel, verständlich. Aber dieser eine Detective, Lynne Belle, stand noch erhobenen Hauptes vor ihm. Ja, sie würde eine Pause brauchen. Aber sie würde es schaffen. Sie würde bloß ein neues Ziel brauchen.

»Ich kann Sie verstehen«, hatte er gesagt. »Also nehmen Sie sich so viel Zeit wie Sie brauchen. Ich würde nur ungern noch einen vierten Detective verlieren.«

Sonnenuntergang – und Lynne hatte nichts herausgefunden, gar nichts. Sie hatte mit Menschen gesprochen, sie hatte Gebäude untersucht, sie hatte die ganze Stadt abgegrast, und stets war der kaum sprechende Colin an ihrer Seite gewesen. Nichts zu machen. Wer auch immer die Fäden zog, war ein äußerst vorsichtiger Schurke.

Es gab keine Spuren, weil Lynnes skrupelloser Gegenspieler keine hinterlassen hatte.

›Wenn das alles ist, was wir tun können‹, echoten Basils Worte durch ihren Kopf.

Nun saß Lynne auf einer Bank im Park vor dem Polizeirevier und wartete. Im Grunde wartete sie auf das Ende.

Das Ende des Tages, vielleicht – oder aber das endgültige Ende.

»Der Straußenmann!«

Colin war aufgeschreckt. Er zeigte mit dem Finger in eine bestimmte Richtung.

»Was für ein Straußenmann?«, fragte Lynne verblüfft und verlängerte Colins Finger mit einer imaginären Linie. Diese Linie traf eine Person, die zwei Querstraßen weiter in einem Mistkübel wühlte.

Es war der Mann mit der Windjacke.

Kaum hatte Lynne ihn erkannt, drehte sich der Mann um und schlenderte die Straße entlang – weg von ihr. Nun begriff sie auch, warum Colin ihn Straußenmann genannt hatte. Schon am Vortag war ihr aufgefallen, dass der Mann nicht nur einen langen Hals besaß, sondern auch einen Rucksack oder etwas Ähnliches unter der Windjacke tragen musste, da sich ein unnatürlicher Buckel abzeichnete. Dies ließ ihn wie einen Vogelstrauß wirken.

Mit einem Ruck stieß sich Lynne von der Parkbank ab und stand auf. Sie nahm Colin an der Hand und marschierte los.

Der Straußenmann führte Lynne und Colin weg vom Polizeirevier, weg vom Motel, weg von allem. Er schlenderte langsam in den hinteren Teil der Stadt, den man von der Hauptstraße aus nicht einsehen konnte. Dort stieß man zunächst auf ein paar Gebäude mit Wohnungen, dann auf vereinzelte Einfamilienhäuser mitsamt ziemlich weitläufigen Grundstücken. Hier gab es fast keinen Lärm. Nicht viel

Verkehr. Ein idyllisches Wäldchen. Ideal, um ein paar Kinder großzuziehen.

Weit hinter diesem ruhigen Gebiet erstreckte sich ein anderer Teil der Stadt, den man durchaus als aufgegeben bezeichnen konnte. Alte Fertigungshallen, in denen keine Maschinen mehr arbeiteten. Leere Felder, auf denen nichts angebaut wurde. Eisenbahnschienen, die nirgendwohin führten. Rost und Ranken hatten sich niedergelassen. Langsam aber sicher holte sich die Natur ihren Grund zurück.

Als wäre er auf der Suche nach etwas Bestimmten, blieb der Straußenmann regelmäßig stehen, um seine Umgebung zu inspizieren. Lynne gelang es, unentdeckt zu bleiben. Zumindest hoffte sie, dass es ihr gelang. Jedenfalls blieb sie in sicherer Entfernung und bewegte sich so vorsichtig wie möglich.

Colin watschelte Lynne brav hinterher, aber ihr wäre es lieber gewesen, sie hätte ihn bei Lance lassen können. Gemeinsam schlichen sie zwischen der morschen Holzwand einer alten Scheune und hüfthohen Halmen einer bunten Kräuterwiese vorwärts. Mittlerweile waren sie dem Straußenmann bereits eine Dreiviertelstunde auf den Fersen.

Lynne kamen Zweifel auf. Es wirkte, als wüsste der Straußenmann selbst nicht so recht, was er hier draußen wollte. Ob er sich mit Absicht so langsam bewegte?

Als die Verfolgung nach weiteren fünf Minuten plötzlich in einer schmalen Gasse zwischen zwei verfallenen Gebäuden endete, blieb Lynne wie angewurzelt stehen.

Der Straußenmann war verschwunden.

Nein, war er nicht. Es war zu offensichtlich.

Lynne spürte ihn kommen. Ihr blieb eine einzige Sekunde, um durchzuatmen, dann packte sie jemand am Arm.

Instinktiv wandte Lynne einen Selbstverteidigungsgriff an. Ihr gelang es, den Straußenmann über ihren Rücken zu ziehen und ihn zu Boden zu schleudern. Bevor dieser begreifen konnte, was soeben geschehen war, hatte sich seine Beute bereits aus dem Staub gemacht.

›Warum ausgerechnet hier?‹, schoss es Lynne durch den Kopf, als sie mit Colin durch die schmale Gasse lief. In diesem verlassenen Teil der Stadt konnte sie sich keine Unterstützung erwarten. Von dem seit Jahren leerstehenden Bauernhof am Ende der Straße bis zu der heruntergekommenen Flughalle gab es kein einziges Gebäude, das nicht menschenleer war.

Ewig konnte Lynne nicht weglaufen, vor allem nicht mit dem Kind. Auf die Dauer würde Colin die Puste ausgehen. Und auch ihre eigene Ausdauer schien am Schwinden.

Ohne vorangegangene Überlegung rannte Lynne auf eine Tür zu, die in ihrem Blickfeld aufgetaucht war, und zog sie auf. Nachdem sie Colin durch den Spalt geschoben hatte, quetschte sie sich selbst hindurch und schloss dann die Tür so leise wie möglich hinter sich.

Lynne hasste es, die Gejagte zu sein. Selbst gefährliche Einsätze hatten ihr stets so etwas wie Vergnügen bereitet – zumindest solange sie die Jägerin war.

Außer dem Keuchen des Jungen war nichts zu hören. Ein paar Sekunden lang musterte Lynne die Treppen und den alten Fahrstuhl vor sich, dann drehte sie sich um und starrte die Tür an. Es war ein Exemplar mit zwei Flügeln, von denen einer bereits zu rosten begonnen hatte. Der blaue Lack war an manchen Stellen abgeblättert und ließ silbernes Metall zum Vorschein kommen.

Eine Minute verging, dann zwei.

Lynnes Körper wollte sich bereits entspannen, da hörte sie plötzlich Schritte. Sie blickte Colin an und bedeutete ihm mit einem Finger auf den Lippen, still zu sein.

Der Junge nickte – und nieste.

Erschrocken drückte sich Colin die Hände auf Nase und Mund.

Das Geräusch war nicht sehr laut gewesen, doch Lynne machte sich auf das Schlimmste gefasst. Sie ging in Angriffshaltung und lauschte.

Zwei Sekunden Stille, dann erneut Schritte. Sie wurden deutlicher und verstummten dann direkt hinter der Tür.

Lynne hielt den Atem an.

Jemand zog an der Tür, an dem verrosteten Flügel allerdings. Es gab ein lautes Ächzen, doch die Tür bewegte sich nur wenige Zentimeter.

Nun war wieder Stille eingekehrt.

Und schließlich verrieten erneute Schritte, dass sich die Gefahr entfernte.

Lynne wagte es, erleichtert auszuatmen.

Dann ging alles furchtbar schnell.

Glas zersplitterte und erfüllte den Eingangsbereich des dreistöckigen Bürogebäudes mit kreischendem Lärm, kräftige Finger zerrten an Lynnes Mantel und ließen sie über ihre eigenen Füße stolpern, ein hässliches Gesicht tauchte unter einer Kapuze direkt hinter dem Fenster auf und entblößte ein hochmütiges Grinsen.

Noch während sie von dem Straußenmann zu sich gezogen wurde, packte Lynne seinen Arm und drückte ihn mit voller Wucht nach unten. Sie spürte, dass sie frei war, noch bevor der Schmerzensschrei an ihre Ohren drang. Reste des Fensterglases hatten sich in das Fleisch des Angreifers gebohrt.

»Nach oben!«, rief Lynne Colin zu. Eilig erklomm der Junge die Stufen, und seine Beschützerin folgte ihm.

Im ersten Obergeschoss angekommen, warf Lynne einen Blick in die Räume und überlegte, ob man hier kämpfen oder sich verstecken konnte. Einige alte Schreibtische waren zurückgelassen worden, doch viel mehr gab es nicht zu sehen. Doch es machte keinen Unterschied, denn Colin war weitergelaufen und bereits auf dem Weg zum nächsten Stockwerk.

»Warte!«

Colin hatte Lynne nicht gehört, also lief sie ihm hinterher. Geräusche aus dem Erdgeschoss verrieten ihr, dass ihr Verfolger nicht aufgab und ihnen weiterhin auf den Fersen war.

Immer weiter rannte Colin; mit einer solchen Geschwindigkeit, dass selbst Lynne ihn nicht einholte. Schließlich fanden sie sich auf dem Dach wieder, und es war keine Zeit, um noch einmal umzukehren.

Lynne positionierte sich am Rand des Daches und zog ihre Pistole.

Es dauerte nicht besonders lange, bis der Straußenmann auftauchte. Sowohl die (etwas rötlich gewordenen) eisblauen Augen als auch die (kurzen aber in alle Richtungen stehenden) hellblonden Haare ließen auf skandinavische

Wurzeln schließen. Sein langgezogenes Gesicht zeigte ein selbstsicheres Grinsen.

»Bleiben Sie stehen!«, schrie Lynne.

Der Straußenmann stockte ganz kurz und setzte sich dann wieder in Bewegung.

»Wenn Sie näherkommen, schieße ich!«

Lachend ignorierte der Straußenmann ihre Drohung.

Mit einem leichten Schubs brachte Lynne Colin auf Abstand, dann nahm sie ihr Gegenüber ins Visier. Ihr gesamter Körper arbeitete auf Hochtouren, und sie war sich noch nie in ihrem Leben so siegessicher gewesen.

In dem Moment, in dem der Straußenmann zu laufen begann, drückte sie ab.

Der Abzug gab ein wenig nach, aber ansonsten geschah nichts.

›Ich habe sie nicht entsichert‹, dachte Lynne und starrte verblüfft auf ihre Waffe – mit dem Wissen, dass Hochmut sie überwältigt hatte. ›Das ist mir noch nie passiert.‹

Dann wurde Lynne von der Faust des Straußenmannes getroffen, und ihr Kopf wurde nach hinten geschleudert. Schon segelte die Pistole durch die Luft und verschwand irgendwo in der Tiefe.

Nach einem kurzen Schlagabtausch, in dem Lynne nur geringfügig Schaden austeilte, lag sie auf dem Boden und sah sich ihrem Gegner ausgeliefert.

Zum ersten Mal nahm sich Lynne Zeit, das Gesicht des Straußenmannes zu begutachten. Es handelte sich um das vom alltäglichen Leben gekennzeichnete Gesicht eines etwa vierzig Jahre alten Mannes, der dreckige Jobs wie diesen erledigte, um über die Runden zu kommen.

»Wer ist dein Auftraggeber?«, fragte Lynne, nur um sich einen Moment Ruhe zu gönnen. Wenn sie schon draufging, dann wollte sie wenigstens wissen, wofür.

»Da du bald stirbst, kann ich es dir sagen«, knurrte der Straußenmann und lachte. »Ich arbeite für so einen Spinner, der glaubt, er könnte eine ganze Stadt kontrollieren. Hat sich im Shore-Anwesen niedergelassen. Hat gesagt, er würde die Kriegsführung revolutionieren. Wie lächerlich. Hat aber gut gezahlt. Um uns um neugierige Leute wie Sie zu kümmern. Nun, für Sie ist das ohnehin bedeutungslos.«

Irgendwie konnte es Lynne kaum fassen, dass sie eine Antwort bekommen hatte. Während sie überlegte, ob dies vielleicht mit den Todsünden zu tun hatte, wurde sie brutal in das Gesicht geschlagen.

›Er ist viel stärker und schneller als ich.‹

Der Straußenmann verpasste Lynne einen heftigen Tritt in den Bauch.

›Ich kann diesen Kampf nicht gewinnen.‹

Der Straußenmann packte Lynnes Hals und zerrte sie in eine aufrechte Position.

›Aber vielleicht kann Hochmut ihn besiegen, so wie er es mit mir getan hat.‹

Der Straußenmann ließ Lynne für einen Moment los.

Ohne zu zögern – aber mit sehr vielen Bedenken, die sie nun einfach ignorieren musste – wirbelte Lynne herum, machte einen Schritt auf den Abgrund zu und sprang.

›Keine gute Idee, oder?‹

Lynne glitt durch die Lüfte – und schlug hart auf dem Dach des Nachbargebäudes auf. Schmerzen durchfluteten ihren Körper, doch jetzt war keine Zeit, darauf zu achten.

Sie rappelte sich auf und wandte sich dem Straußenmann zu. Dieser schenkte seine Aufmerksamkeit nun Colin, den Lynne hilflos zurückgelassen hatte.

»Was, jetzt vergreifst du dich an Kindern?«, schrie Lynne ihrem Kontrahenten zu. »Bist du zu feige, mir zu folgen?«

Zögernd blieb der Straußenmann stehen.

»Komm schon! Es sind doch nur zwei Meter oder so!«

Irritiert starrte Lynne auf die andere Seite hinüber. Sie konnte kaum fassen, dass ihr Plan funktionierte. Doch der Straußenmann stapfte tatsächlich auf den Abgrund zwischen den beiden Gebäuden zu.

»Mach mich fertig, wenn du kannst!«

Der Straußenmann sprang.

Lynne grinste – und machte eine Wurfbewegung, indem sie weit mit dem Arm ausholte. Obwohl sie nichts in der Hand gehalten (und somit auch nichts geworfen) hatte, zuckte ihr Gegner mitten im Sprung zusammen. Er verlor die Konzentration und schlug mit dem Kinn auf der Kante auf. Dann fiel er nach hinten und überschlug sich. Ganze drei Stockwerke zogen an ihm vorbei. Schließlich landete er mit dem Kopf voraus auf dem Erdboden.

Ein hässliches Geräusch ertönte. Durch den Aufprall wurden die Halswirbel des Straußenmannes in verschiedene Richtungen gedrückt, und er war sofort tot.

Erschöpft ließ sich Lynne sinken. Sie winkte Colin auf dem anderen Dach zu.

Ihr Herz setzte einen Schlag aus, als sie plötzlich eine Gestalt durch die Wolken schwimmen sah. Eine mit Verbänden umwickelte Dame, wie eine verirrte Wanderin, den zitternden Körper eingerollt und in einen Militäranzug voller Orden gehüllt. Eine abstoßende Erscheinung ohne Zähne, die beim nächsten Blinzeln schon wieder verschwunden war.

Aufgrund dessen, dass Lynne sich auf einem Dach befand, musste sie sich mit kleinen Bewegungen vorwärtskämpfen. Was ging in ihrem Körper vor sich? Warum musste sie diese Gräueltaten durchleiden?

Keine fünf Minuten später waren Lynne und Colin wieder vereint, mit festem Boden unter den Füßen, und mit einem neuen Ziel.

Das Shore-Anwesen.

Das Geheimnis war gelüftet.

Liebes Tagebuch!
Nichts hat geholfen. Nichts ergibt noch einen Sinn. Alles ist in die Spirale des Chaos geraten. Alles konzentriert sich auf den Untergang. Wir stecken in einem Spiel, das nicht gewonnen werden kann. In einem Spiel, das von einem Wahnsinnigen geleitet wird. Mit den Würfeln in der Hand lässt es sich leben. Mit dem Ass auf der Hand ist es möglich, zu gewinnen. Aber wir werden nicht gewinnen. Das einzige, was wir noch tun können, ist zu überleben. Ich kann Lynne nicht erreichen. Ich muss zu Lynne. Das ist der einzige Gedanke, zu dem ich noch fähig bin. Ich will Lynne.

Es war dunkel geworden. Der runde Mond hatte sich hinter einer Wolkenschicht versteckt und war nichts weiter als ein heller Klecks auf einer grauen Leinwand. Im fahlen zarten Licht konnte man einiges erkennen, doch die meisten Dinge hatten sich in die Finsternis zurückgezogen.

Dort waren sie sicher. Keine neugierigen Menschen, die ihre Geheimnisse lüften wollten. Nichts als die Umarmung der Nacht.

›bin beim Shore-Anwesen. könnte unser ziel sein. wenn ich mich nicht in einer halben stunde melde, such mich.‹

Lynne schickte die Nachricht ab und steckte ihr Mobiltelefon weg. Dann hob sie den Kopf.

Das sogenannte Shore-Anwesen war eine zweistöckige Villa, und sie ragte majestätisch vor Lynne auf. Sie wirkte wie das, was sie war; ein Gebäude, das von einem reichen Ehepaar erbaut worden war. Ein symmetrischer Grundriss, ein weitläufiger Garten, ein gusseiserner Zaun, eine einladende Veranda, eine breite Flügeltür, um nur einige der imposanten Eigenschaften zu nennen.

Sicherheitshalber war Lynne nicht durch das Tor gegangen, sondern hatte sich spontan entschlossen, sich durch die Hecken zu kämpfen. Ein paar Ästchen piekten sie in den Bauch und schienen dies amüsant zu finden. Als es unter ihrem Stiefel knackte, wäre sie beinahe auf den schleimigen Überresten einer Schnecke ausgerutscht.

Bald hatte Lynne mit Colin das gesamte Anwesen umrundet, allerdings nur verriegelte Fenster vorgefunden. Einen diskreten Weg in das Innere gab es nicht. Und in diesem Fall kam es Lynne einfacher vor, die Eingangstür zu nehmen.

»Was zum ... !?«

Colin hatte die schwere Klinke heruntergedrückt, und die Tür aus massivem Holz war einfach so aufgesprungen. Lynne konnte es nicht glauben, dass das Anwesen nicht abgeschlossen war. Das konnte kein Zufall sein.

›Es ist soweit.‹

Mit angehaltenem Atem schob Lynne Colin hinter sich. Dann trat sie über die Schwelle.

Ein kleiner Eingangsbereich hieß Lynne willkommen. Mit einem Teppichboden, auf dem man sich die Schuhe abputzen konnte. Mit einigen Haken an der Wand, auf die man Mäntel hängen konnte. Mit einem ovalen Spiegel, in dem man Silhouetten erkennen konnte.

Darauf bedacht, dass der Junge nicht stolperte, zog Lynne ihn näher zu sich heran. Danach zog sie an der Eingangstür, ließ sie allerdings einen Spalt breit offen stehen.

Im Inneren des Anwesens war es erstaunlich hell. Hinter dem Eingangsbereich erwartete Lynne ein geräumiges Foyer mit rechteckigem Grundriss. Auf der linken Seite befanden sich hohe Bogenfenster, die das geisterhafte Mondlicht in den Raum ließen. In einer Ecke stand ein gemütlich wirkender Couchsessel mit hoher Lehne. In Lynnes Vorstellung saß eine alte Dame darin, weit über ihre Häkelarbeit gebeugt, in eine zeitlose Welt vertieft. Ein wuchtiger Tisch mit Marmorplatte hatte sich an zentraler Stelle eingefunden. Seine makellose Oberfläche glänzte geheimnisvoll. An der Wand war eine hüfthohe Stereoanlage samt eingebautem Plattenspieler angebracht, mit vergleichsweise großen Lautsprechern. Die vielen Knöpfe und Regler glitzerten, als würde ein Roboter quer durch den Raum starren und die beiden Eindringlinge mustern.

An das Foyer grenzte ein Flur, und hier verlor sich das Licht – hinter dem Foyer regierte die Dunkelheit.

Colin drehte seinen Kopf in alle Richtungen, als könnte er mehr als seine erwachsene Begleiterin erkennen. Als könnte ihm das dunkle Reich nichts anhaben. Seine ehrlichen Augen durchdrangen vielleicht sogar das lichtlose Dickicht der Verdammnis.

Langsam schob sich Lynne vorwärts. Wie sie den finsteren Flur durchquerte, hatte das mehr von Rutschen als von Gehen – ihre Füße hoben kaum vom Boden ab. Lautlos glitt sie dahin. Durch die kalte Dunkelheit, die überall lauerte.

In dem Schwarz begannen seltsame Kreaturen aufzutauchen. Feine graue Fäden schienen die Luft zu durchziehen. Aber da war nichts. Nur eine auf der Netzhaut verblassende Erinnerung an das Licht, das Lynne im letzten Raum hinter sich gelassen hatte.

»Da ist jemand«, flüsterte Colin, und seine Worte zerschnitten die Stille.

Lynne versteinerte. Es war nicht die monotone Stimme des Jungen, die ihr solch immense Angst einjagte – sondern dass Colin nur sprach, wenn er sich seiner Gedanken absolut sicher war.

Konnte es sein? Konnte es möglich sein? War tatsächlich jemand in diesem Haus? Vielleicht sogar um die nächste Ecke?

Lynne lauschte. Colins kleine dünne Finger lagen schwer in ihrer schweißnassen Hand.

Da war nichts. Kein einziges Geräusch, außer dem ihres eigenen Herzschlages; ein dröhnendes Pochen innerhalb ihres Schädels.

Und plötzlich fühlte Lynne die Anwesenheit einer weiteren Person, genauso wie es Colin soeben getan hatte. Sie fühlte sie hinter sich stehen. Lynne drehte sich leise um, konnte jedoch nichts erkennen. Dennoch spürte sie die Präsenz eines Körpers; den Körper eines Riesen, mindestens einen Kopf größer als sie selbst und vielleicht doppelt so breit.

Nun, der Riese schlug zu.

Befehl war Befehl.

Lynne taumelte und stürzte.

Gedanken aus der Vergangenheit und der Zukunft zuckten durch ihren Kopf, als wäre die Zeit aufgelöst worden.

›Dieser schicksalshafte Tag im Hochhaus, als das mit dem Hypnotiseur geschehen war. Und ich weinend unter der Dusche gestanden habe. War das der Moment gewesen, in dem ich bemerkt habe, wie kostbar das Leben ist? In dem ich angefangen habe, ein Kind zu wollen? Der zum Ende der Beziehung mit meinem Verlobten geführt hat? Und mich hierher gebracht hat? Vielleicht zu Basil?‹

Es zog Dunkelheit auf. Lynne fühlte sich, als würde sie von der Ewigkeit selbst umarmt werden. In ihrem Kopf wiederholten sich die Worte eines Liedes von *Falco*, das sie noch nie so berührt hatte wie in diesem Moment.

out of the dark
into the light
I give up and close my eyes
I give up, and you waste your tears to the night

Genau das und nichts anderes war zu tun. Lynne schloss die Augen und empfing die wohlige Finsternis wie einen alten Freund.

PROTOKOLL – SIN 07

›Also, meine Damen und Herren aus aller Welt! Ich habe beschlossen, nur die Vertrauenswürdigsten unter Ihnen an diesem letzten Tag an unserer Projektpräsentation teilhaben zu lassen. Was Sie nun erleben werden, könnte selbst *Sie* verstören. Wir sind angelangt, am siebten *SIN*.

Zorn. Verspüren Sie *Zorn*? Das Gegenteil einer jeden Tugend. Ein unkontrolliertes Verhalten. Emotionsgesteuert. Das Gehirn im Leerlauf. Keine Vernunft. Rachsucht. Wut. Brutal ehrlicher Zorn.

An guten Tagen erwachen wir mit einem Gefühl, das uns darauf hoffen lässt, dass es ein toller Tag wird. Wir wollen viel erreichen. Wir wollen gewinnen. Verlust? Nein, das ist nichts für uns Menschen. Und doch ist es der Zorn, der uns selbst an den schlechtesten Tagen aus dem Bett holt. Wenn wir wissen, dass nur ein einziges Individuum mehr Schaden erleiden könnte als wir. Oh, welch Genugtuung.

Nichts treibt uns mehr an als Zorn. Wie Liebe kann er Berge versetzen. Wir reisen durch Wüsten, um unser Ziel zu erreichen. Möge er all unsere Feinde niederstrecken. Vorhang auf. Unsere äußerst treuen Versuchssubjekte auf die Bühne. Möge es beginnen. Letzter Akt.‹

~~Blore folgte keiner Vernunft, keinem Gedanken. Es war ein Verlangen, ein Gefühl.~~ Mit zitternden Händen schloss Blore den Waffenschrank auf. Er griff nach seinen beiden Handfeuerwaffen. ~~Seinen beiden Mädchen. Wunderbare Pistolen. Wie konnte etwas, das so viel Schaden anrichten konnte, nur so schön sein?~~

172

~~Es war genug. Viel zu lange schon hatte sich nichts geändert. Nun würde sich etwas ändern. Zum Guten? Oder zum Schlechten? Ihm war es gleich. Blore wollte endlich aus diesem Käfig. Heraus aus dem Hamsterrad. Er kam sich vor wie ein Versuchskaninchen. Nichts würde ihn länger halten. Der Tag der Abrechnung war gekommen.~~
~~Ehefrau. Kinder. Eltern. Geschwister. Freunde. Kollegen. Vermieter. Rechnungssausteller. Verkäufer. Ärzte. Politiker. Vereint im Tod.~~

Blore öffnete die Haustür und trat an das Tageslicht. ~~Ein letztes Mal die Freiheit genießen. Und dann so frei sein wie nie zuvor und niemals wieder.~~ Er entsicherte die Pistolen. Auf der Straße waren Leute. Passanten. ~~Opfer.~~

~~Glückstreffer. War das nicht Chief Jones? Dieser Idiot hatte ihn vor vier oder fünf Wochen in die dumme Ausnüchterungszelle gesteckt. Das war der Grund gewesen, aus dem er nicht zur Vorstellung seiner Tochter hatte erscheinen können. Und das wiederum hatte seiner Exfrau einen Grund mehr gegeben, ihm das Leben zur Hölle zu machen.~~

Ein Schuss genügte. Ein einziger Knall, der die Stille zerrieb. Jones wirbelte herum, als wäre er eine Tür, die man aufgestoßen hatte. Dann sackte der Chief Officer zusammen und war tot.

Blore verbeugte sich und grinste. ~~Abschiedsvorstellung. Es ist vollbracht.~~

IRA

Für viele Menschen in *Sin City* begann der Tag damit, dass sie mit einem Gefühl der Unzufriedenheit erwachten. All die Probleme, die sich in den vergangenen Jahren aufgetürmt hatten. All der Ärger, der sich in den letzten Monaten angestaut hatte. Jeder einzelne Traum, den man gezwungen gewesen war aufzugeben. Das alles schlug mit einer solchen Wucht zu, dass bereits ein einzelnes Wort aus dem Mund eines anderen Menschen ausreichte, um der Todsünde Zorn freien Lauf zu lassen.

In den vergangenen sechs Tagen hatte Lynne Belle einiges durchgemacht. Sie hatte sich die unterschiedlichsten Verletzungen zugezogen. Sie hatte allerlei Schmerzen empfunden. Nicht nur ihr Körper war gebrochen, ihr Geist war es ebenso. Doch nichts war auch nur im Entferntesten so unerträglich gewesen wie das Gefühl, mit dem sie am siebten Tag aus einem schlimmen Albtraum geholt und in einen noch schlimmeren Albtraum geworfen wurde.

Als sie sich an diesem Tag zum ersten Mal bewusst regte, zuckte sie aufgrund ihrer verspannten Nackenmuskeln zusammen. Ein unangenehmes Ziehen wanderte durch den oberen Bereich ihres Rückens, während sie sich auf die Seite drehte und nach ihren Schulterblättern griff. Kaum wurde das Kribbeln in ihrem Hals erträglicher, setzte ein heftiger Anfall von Migräne ein, und ihre Gedärme schienen sich wie in der Mitte zerteilte Würmer zu winden. Ein rasender Wirbelsturm, der sie mit tausend Nadelstichen eindeckte, hatte sich auf ihr niedergelassen. Einzig und allein ihr Herz schien nicht aufgeben zu wollen.

Nach und nach drangen Geräusche an ihre Ohren, allen voran ein monotones Summen, wie von einem betagten Haushaltsgerät.

Mit halb geöffneten Augen erkannte sie Umrisse von hellen Streifen vor dunklem Hintergrund.

Wie ein sterbendes Tier fühlte sie sich; dem Urteil eines mächtigeren Wesens ausgeliefert. Sie wusste, dass sie ihren Feinden ausgeliefert war – wer dies auch sein mochte. Es war ihr nicht vergönnt gewesen, die letzte Todsünde aufzuhalten. Nun würde der Tod in dieser Stadt vollends Einzug halten.

Müde, erschöpft, geschlagen, vernichtet richtete sich Lynne auf. Stehen, einfach nur zu stehen, war in diesem Moment das Anstrengendste überhaupt.

Nach und nach begriff Lynne, dass sie eingesperrt war. Sie fühlte sich, als wäre dies ein kosmischer Witz; dass sie im Kerker eines Verrückten gelandet wäre. Doch was zunächst wie eine traditionelle Gefängniszelle wirkte, war nichts weiter als ein ungewöhnlicher Abschnitt eines gewöhnlichen Kellers.

Bei den dünnen Metallstäben handelte es sich um eine Art dekorativer Zaun, der das Treppenhaus vom Weinlager trennte. Das tatsächliche Hindernis war eine massive Holztür mit gusseisernem Schloss, hinter der eine Sammlung voller Weine (in an der Steinwand aufgetürmten Fässern sowie in Regale geschlichteten Flaschen) ruhte.

Im Shore-Anwesen wurde viel Wein getrunken. Nun, zumindest früher. Jetzt war der Weinkeller zu einem Gefängnis für unliebsame Gäste geworden.

Lynne trat an die Stäbe heran und blickte hindurch. Auf der anderen Seite lag Colin gefesselt am Boden.

Unweit des Jungen stand der Riese, und er blickte nachdenklich auf ihn herab.

Bei dem Riesen handelte es sich tatsächlich um einen Koloss von Mann, mit breitem Körperbau und überdimensionierten Muskeln, aber auch mit eingeschränkter Intelligenz, wie Lynne nur Sekunden später herausfinden würde. Auf dem schlauchförmigen Hals saß ein Kopf mit kurzrasiertem Haar, und sowohl Stirn als auch Kiefer waren vorgerückt. Keine schöne Erscheinung, zweifellos jedoch eine beeindruckende.

»Warum spricht der Junge nicht?«, grunzte der Riese, als er bemerkte, dass Lynne aufgewacht war. »Ich habe ihm Fragen gestellt.«

»Also, das ...«, machte Lynne, aber ihr fiel überhaupt nichts Brauchbares ein.

»Ich habe ihm Fragen gestellt«, wiederholte der Riese blaffend.

Abschätzend betrachtete Lynne zuerst den Riesen und dann Colin.

»Er ist ... geistig zurückgeblieben«, log Lynne und entschuldigte sich gedanklich.

»Ah«, gab der Riese von sich, und schon war ihm der stille Junge sympathisch geworden. Immerhin war er selbst ebenfalls geistig zurückgeblieben. Zumindest hatte das sein Vater gesagt, immer wieder.

›Tony, du bist ein zurückgebliebenes Stück Kacke, ein Riesenbaby, nichts weiter.‹

Das waren die Worte des Vaters des Riesen gewesen. Sie waren so oft gefallen, dass sie irgendwann keinen Schmerz mehr zufügen haben können. Wie ein Messer, das sanft über eine vielfach vernarbte Stelle schabt und kein Blut mehr zutage fördern kann.

Plötzlich ertönte ein klickendes Geräusch, und der Riese wirbelte herum, als wäre er ein Hund, der sich an den Knall einer Peitsche erinnerte.

Im gegenüberliegenden Bereich dieses dunklen Kellers konnte Lynne eine steinerne Wendeltreppe erkennen, die im Halbdunkel lag. Lackschuhe tauchten auf, dann helle Stoffhosen, dann ein kariertes Jackett, schließlich ein sehr charmantes Gesicht.

Ein Klatschen.

Es war kein Beifall, kein ermunterndes oder gratulierendes Zeichen, sondern ein zutiefst zynisches Klatschen in drei kurzen Schlägen.

Lynnes Finger verkrampften sich.

Jemand war aufgetaucht.

Ein Feind.

Endlich war der Übeltäter erschienen.

Liebes Tagebuch!
Chief Jones ist tot. Alle sind verrückt geworden. Niemand ist normal geblieben. Und ich habe eine Nachricht von Lynne erhalten, vor etlichen Stunden schon, aber ich habe sie erst jetzt gelesen. Falls mich jemand sucht, ich bin zum Shore-Anwesen gegangen. Lynne braucht meine Hilfe.

Ein vornehm gekleideter Jüngling mit zurückgekämmtem dunklem Haar, mit dem Grinsen eines Raubtieres.

Lynne musste lächeln. Auf sie wirkte er wie eine Miniaturausgabe eines typischen Bösewichtes in einem Agentenfilm – aber möglicherweise war er doppelt so gefährlich. Und hier gab es gewiss kein Drehbuch, das ein positives Ende garantierte.

»Willkommen, unbekannte Variable!«, wurde Lynne von dem Feind begrüßt. »Ich habe Sie bereits ... sehnsüchtig erwartet. Immerhin haben Sie über meine beiden *Angestellten* gerichtet.«

›Meint er die beiden Männer in den Windjacken?‹, überlegte Lynne und schluckte.

»Es waren die beiden unfähigen Männer in den braunen Windjacken«, bestätigte der Feind.

›Krötenmann und Straußenmann.‹

Tatsächlich waren beide durch Lynnes Taten gestorben. Aber sie hatte nicht über sie ›gerichtet‹; es war Notwehr gewesen.

»Sie fragen sich vermutlich, was das alles soll?«, nahm der Feind an und kam etwas näher. »Warum sich ein verschlafenes Städtchen plötzlich wiederfindet in einer Szene aus einem Stück, das mit dem Tod aller Beteiligter endet.«

»Mir ist es egal, was du Wicht planst, solange ich es verhindern kann.«

Für einen kurzen Augenblick schien der Feind die Kontrolle über seinen jungen gesunden Körper zu verlieren. Alle fünf Finger seiner linken Hand zuckten. Doch dann setzte sich wieder das Grinsen in sein Gesicht.

»Wie amüsant«, meinte der Feind und trat zurück. »Sie glauben wohl, dass Sie die Hauptfigur sind und am Ende alles richtigstellen können? Nun, aber das Ende hat bereits begonnen. Über unserer aller Köpfe töten sich die Bewohner dieses Städtchens gegenseitig. Nun, und Sie, meine Liebe, können nichts dagegen unternehmen. Es ist aus.«

In diesem Moment drang ein dumpfes Geräusch von oben herab. Sofort setzte sich der Riese in Bewegung.

»Was denn nun schon wieder?«, raunte der Feind.

Es dauerte nur eine Minute, dann kam der Riese wieder. In seinen Händen hielt er Basil, der sich nur mit Mühe auf den Beinen halten konnte.

»Basil!«, rief Lynne.

»Lynne?«, keuchte Basil.

Mit gerunzelter Stirn wühlte der Riese in den Taschen seines neuen Opfers, und kurz darauf warf er seinem Befehlshaber eine Brieftasche zu.

»Scheiße!«, entfuhr es dem Feind.

»Was denn?«, fragte der Riese mit offenem Mund.

»Nichts«, sagte der Feind mit einer beschwichtigenden Geste und drehte seinen Kopf langsam in Richtung seiner Gefangenen.

In diesem Moment sprach Colin, und es zeigte erneut, dass seine gezielt gewählten Worte treffsicherer waren als ein Messer in der Hand eines Psychopathen.

»Wir sind nicht allein. Lance wird dich finden.«

Zwei Sekunden verstrichen, und der Feind blickte den sonderbaren Jungen bloß geringschätzend an. Dann aber huschte ein Schatten über sein Gesicht, und seine Brauen vollführten einen abartigen Tanz, der dem Runzeln seiner Stirn und dem Weiten seiner Augen zu verschulden war.

»Lance?«, hauchte der Feind atemlos. »Speerspitze!«

Colin nickte nur.

»Dieser lästige Unbekannte, der sich in meine Datenbank gehackt hat und fast genügend Beweise gesammelt hätte, um meine Identität aufzudecken? War auch noch so frech, um mir eine Botschaft, eine Warnung, zu hinterlassen. Unterzeichnet von *Speerspitze*.«

Der Feind war blass geworden.

Eine ganze Minute lang geschah nichts, dann flüsterte der Feind dem Riesen etwas zu. Danach ging er in die Schatten und verschwand.

Ein einziges Mal noch erklang die Stimme des Feindes aus der Finsternis.

»Herzlichen Glückwunsch, Speerspitze!«

Grauen senkte sich auf Lynne, als sie mitansehen musste, wie der Riese nach einer Spritze samt Ampulle mit klarer Flüssigkeit darin grapschte und deren Nadel dann in Basils Unterarm rammte.

Für einen kurzen Zeitraum stand das Tor zum Weinlager offen, als Basil hereingeschubst wurde. Aber leider war an eine Flucht kaum zu denken. Dieser übermenschliche Riese hätte Lynne gepackt und wie ein Blatt Papier zerknüllt. Es gab keine Chance, gegen diesen Koloss anzukommen – zumindest nicht körperlich.

»Basil!«, wimmerte Lynne und kroch auf ihren Geliebten zu, der halb auf dem Boden lag und dessen Oberkörper gegen die graue Wand gelehnt worden war. Auf seiner

Stirn klaffte eine sehr unappetitliche Wunde, und das Blut hatte sich seinen Weg über das gesamte verzerrte Gesicht bis hinunter zum Kinn gebahnt.

»Basil, was ist denn bloß passiert?«

Sanft griff Lynne nach Basils Wange, und so vorsichtig wie möglich strich sie darüber, doch es gab keine Regung.

›Es passiert schon wieder‹, dachte Lynne und schluckte. ›Ich verliere alle, die mir wichtig sind.‹

Lynne war den Tränen nahe. Doch sie wusste, dass sie jetzt nicht weinen durfte. Sie musste ihre Gefühle beiseiteräumen. Denn sie hatte einen Auftrag zu erledigen. Und noch war nicht alles verloren. Wer konnte es schon sagen – vielleicht gab es eine winzige Chance; irgendeinen Weg.

Und plötzlich schlug Basil die Augen auf.

Der verwundete Officer stemmte sich mühsam in die Höhe; unter Schmerzen zwar, doch irgendetwas trieb ihn an. Bis er sich vollends aufgerichtet hatte, waren beinahe drei Minuten vergangen. Schließlich stand er allerdings, und ein Lächeln umspielte seine Lippen.

»Alles ... in Ordnung?«, fragte Lynne und streckte vorsichtig ihren Arm aus.

Schon hatte Basil Lynnes Handgelenk gepackt. Es handelte sich um einen Griff, der ihr Schmerzen bereitete.

»Lynne, oh, Lynne«, machte Basil, bevor er (dramatisch) mit der Zunge schnalzte. »Was sollen wir bloß tun?«

»Wie meinst du da–«

Mit einem Satz war Basil bei Lynne und riss sie mit sich. Nachdem ihr Körper gegen die harte Wand schlug, schlossen sich seine Finger um ihren Hals.

»Unterbrich mich nicht andauernd!«

Für einen kurzen Moment senkte Basil den Kopf, und als er seinem Gegenüber wieder in das hübsche Gesicht blickte, wirkte er wie ein Wahnsinniger.

»Du tust mir weh!«, presste Lynne hervor.

»Und du hast mir ebenfalls wehgetan!«, polterte Basil grinsend. »Euch beschissenen Frauen ist nur eine einzige Sache wichtig. Und zwar euer eigenes Wohl, denn ihr seid euch selbst am nächsten. Wie ihr mich anwidert. Ihr solltet jenen Schmerz spüren, den ehrliche Männer wie ich spüren, wenn sie durch eure Spielchen verletzt werden.«

Lynne starrte Basil entsetzt an. Für sie gab es keinen Zweifel, dass ihm etwas injiziert worden war, das ihn anfällig machte für die letzte der Sünden – Zorn; puren Zorn.

Langsam griff Basil nach seinem Schuh und fingerte ein Messer aus seinem Socken.

Ein gefährliches Messer, das fast wie die Miniaturversion eines Schwertes wirkte. Ein reich verziertes Mini-Schwert mit tödlicher Klinge.

Eine Waffe, die der Officer mitgenommen hatte, um auf Nummer Sicher zu gehen – und die jetzt für einen ganz anderen Zweck missbraucht wurde.

Mit theatralischer Geste ließ Basil die Klinge auf Lynnes Gesicht zuwandern.

»Wie es sich wohl anfühlt, ein einziges Mal derjenige zu sein, der zusticht«, murmelte er langsam. »Ob es ein befriedigendes Gefühl ist, es in dein Fleisch zu stecken?«

Lynne konnte nun zwischen zwei Optionen wählen. Entweder könnte sie versuchen, mit Basil zu reden und ihn zu beruhigen. Oder sie könnte ihn mit Gewalt überwältigen. Sie entschied sich für letztere.

Mit aller Kraft rammte Lynne dem verrückt gewordenen Basil das Knie in den Bauch.

Sie rutschte an der Wand nach unten und stützte sich mit den Händen ab. Währenddessen überlegte sie, wie viel Zeit ihr blieb, bis Basil sich von dem Tritt erholt hatte. Doch bevor sie den Gedanken zu Ende bringen konnte, wurde sie quer durch den Raum geschleudert. Unsanft landete sie in einer Ecke.

Es wirkte, als hätte Basil den Tritt nicht einmal gespürt. Mit dem Messer in der Hand ging er auf Lynne zu.

»Basil!«, stöhnte Lynne.

»Was denn?«, entgegnete Basil.

»Ich habe dir nichts Schlimmes angetan, verdammt! Wir hatten doch eine schöne Zeit bis jetzt, oder?«

»Hatten wir das? Ich bin mir da nicht so sicher.«

»Komm zur Vernunft!«

»Das reicht!«

Basil stach zu.

Und kippte vornüber.

In einem klaren Moment hatte er das Messer gegen sich selbst gewandt, um Lynne zu verschonen – um seine geliebte Lynne zu retten.

»Scheiße, scheiße, scheiße!«

Lynne griff nach Basils Brust und spürte das Blut.

»Mach die Tür auf, mach die verdammte Tür schon auf!«, kreischte Lynne und hämmerte gegen das dicke Holz.

Ahnungslos starrte sie der Riese an, dann hob er den Kopf und blickte nach oben. Es war offensichtlich, dass er auf Befehle wartete; Befehle, die nicht kommen würden.

»Er wird nicht mehr wiederkommen!«, schrie Lynne und stampfte mit dem Fuß auf. »Er hat sich aus dem Staub gemacht, weil er begriffen hat, dass Basil ein Polizist ist! Und weil er sich vor Lance fürchtet! Er hat Angst, dass Verstärkung kommt! Er hat dich zurückgelassen!«

Zweifelnd (und schwitzend) wich der Riese vom Weinlager zurück, als könnte ihn seine Gefangene alleine mit ihren Worten verletzen.

»Du willst doch kein Mörder sein, oder?«, fragte Lynne und nickte bestätigend. »Und wenn du es schon nicht für uns tust, dann wenigstens für den Jungen dort! Sein älterer Bruder macht sich bestimmt schon Sorgen um ihn.«

Nachdenklich warf der Riese einen Blick auf den gefesselten Colin, der seinem Wissen nach vielleicht genauso ›zurückgeblieben‹ war wie er selbst.

›Tony, ständig machst du solche dummen Sachen, du zurückgebliebenes Stück Kacke.‹

›Tony, mach, was ich dir sage, du Riesenbaby.‹

»Bitte!«, flehte Lynne und sackte zusammen. »Bitte, lass Basil nicht sterben!«

Ob sie das zu dem Riesen gesagt hatte? Oder hatte sie Gott höchstpersönlich um einen Gefallen gebeten?

Wenn alles noch ein relativ gutes Ende nehmen würde, dachte Lynne, könnte ihr Besuch in dieser mehr als verrückten Stadt vielleicht doch noch ein großzügiger Zufall gewesen sein – wenn Basil überlebte, und wenn sie unbeschadet aus der Sache herauskäme.

In ihrem Kopf überschlugen sich die Gedanken, doch sie konnte keinen einzigen fassen. Von irgendwo her, möglicherweise vom hintersten Winkel ihres Gehirnes, aus der nunmehr nebelartigen Präsenz stillgelegter Erinnerungen, drang eine Melodie in ihr Bewusstsein, die sie mit *Leonard Cohen* in Verbindung brachte.

I did my best, it wasn't much
I couldn't feel, so I tried to touch
I've told the truth, I didn't come to fool you
and even though it all went wrong
I'll stand before the lord of song
with nothing on my tongue but Hallelujah

Mit einem lauten Klacken sprang die Tür zum Weinlager auf.

Lynne wischte ihre Tränen aus dem Gesicht.

Es war noch Zeit.

Beide Mobiltelefone waren im oberen Stockwerk zu finden gewesen. Ein Rettungswagen war bereits unterwegs.

›Er kann überleben.‹

Dem zurückgebliebenen Riesen hatte Lynne zugeraunt, dass er gefälligst verschwinden sollte, was er dann auch getan hatte.

›Tony, kannst du nicht ein einziges Mal in deinem Leben etwas richtig machen?‹

Anschließend hatte Lynne Colin von den Fesseln befreit.

Es war noch Zeit, oder nicht?

Lynne ging zum Computer, der im Keller aufgebaut war. Ganze fünf Monitore hingen an der steinernen Wand, und etliche Kabel lieferten Informationen an unterschiedlichste Geräte.

Vier der fünf Monitore waren schwarz.

Ein Monitor zeigte ein Bild.

Nur eine einzige Datei war geöffnet. Es handelte sich um ein Dokument, in dem die Todeszahlen der vergangenen Tage notiert waren.

Tag 1 – Invidia	*bestätigte Todesopfer: 25*
	vermutete Verletzte: 40 mind.
Tag 2 – Acedia	*bestätigte Todesopfer: 31*
	vermutete Verletzte: 10 mind.
Tag 3 – Gula	*bestätigte Todesopfer: 19*
	vermutete Verletzte: 20 mind.
Tag 4 – Luxuria	*bestätigte Todesopfer: 13*
	vermutete Verletzte: 50 mind.
Tag 5 – Avaritia	*bestätigte Todesopfer: 8*
	vermutete Verletzte: 60 mind.
Tag 6 – Superbia	*bestätigte Todesopfer: 15*
	vermutete Verletzte: 30 mind.
Tag 7 – Ira	*geschätzte Todesopfer: 666*

›Was für eine Scheiße ...?‹

Lynne fiel ein ausgedruckter Zettel aus, auf dem etliche Bereiche unkenntlich gemacht worden waren.

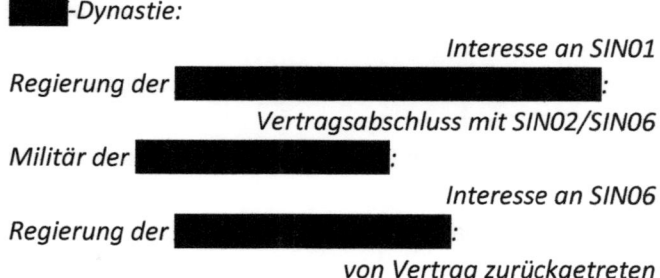

Interesse an SINO1
Regierung der ███████████████████:
Vertragsabschluss mit SINO2/SINO6
Militär der ██████████:
Interesse an SINO6
Regierung der ██████████:
von Vertrag zurückgetreten

186

Geheimdienst der ██████████████ :

> *Vertragsabschluss mit SIN04*

██████████ *Inc.:*

> *Vertragsabschluss mit SIN01/SIN06*

██████████ *Corporation:*

> *von Vertrag zurückgetreten*

██████ *Corporation:*

> *von Vertrag zurückgetreten*

██████ *Inc.:*

> *Interesse an SIN01*

██████ *Aktiengesellschaft:*

> *Vertragsabschluss mit SIN02/SIN04*

██████████ *Corporation:*

> *Vertragsabschluss mit SIN03*

████████████ *Company:*

> *Vertragsabschluss mit SIN02/SIN03*

██████████ *Corp.:*

> *Vertragsabschluss mit SIN02/SIN03*

████████ *Company:*

> *von Vertrag zurückgetreten*

██████████ *Organisation:*

> *Interesse an SIN06*

██████ *Kreditinstitut:*

> *Vertragsabschluss mit SIN05/SIN06*

██████ *Versicherungsanstalt:*

> *von Vertrag zurückgetreten*

██████████████ *Company:*

> *Vertragsabschluss mit SIN02/SIN05*

Familie ████████████ :

> *von Vertrag zurückgetreten*

Und die Liste ging so weiter. Es waren mehr als fünfzig Zeilen mit genauso vielen Namen, die sich in dieser Weise untereinander eingefunden hatten. Dynastie? Regierung? Militär? Geheimdienst? Unternehmen? Familie?

›Ob sie es wissen? Ob diese ganzen ... Arschlöcher von diesem gottverdammten Experiment wissen?‹

Basil stöhnte, was Lynne dazu veranlasste, herumzuwirbeln und sich die eine Frage zu stellen. Ob es nicht wichtiger war, ihm zu helfen.

›Aber es geht hier nicht um einen einzigen, sondern um *siebenhundertsiebenundsiebzig* Menschen.‹

Lynne zwang sich, sich wieder auf den Monitor zu konzentrieren. Sie minimierte schnell die geöffnete Datei und studierte die Icons auf dem Desktop.

zero.txt
wildheart.midi
the-magnificent-seven.png
whatifimmeanttofail.txt
invidia.html
acedia.html
gula.html
luxuria.html
avaritia.html
superbia.html
ira.html
enditall.exe
realmofdreamsandmadness.zip

Plötzlich flackerte der Bildschirm, und Ziffern erschienen.

5

4

›Er will alle Daten löschen!‹

3

2

›Diese verdammten Arschlöcher können nicht einfach so davonkommen!‹

1

0

Bevor der Bildschirm komplett schwarz wurde, ganz in Finsternis versank, sich vollends von dieser Welt verabschiedete, blinkte ein einziges Mal ein (nichtssagendes und zugleich wichtiges) Wort auf, das Lynne niemals vergessen würde.

RUINEDWORLD

Dann war es finster.

Lynne stand auf einer gleichförmig mit Schnee bedeckten Wiese, und ihr Atem formte kleine Wölkchen.

Ihr wurde gewahr, dass etwas Seltsames mit ihr geschah. Es machte sich ganz vorsichtig bemerkbar, wie ein Licht in der Distanz, von dem man nicht wusste, ob es ein riesiger Scheinwerfer oder eine winzige Kerze war. Es kam ganz langsam näher, wie das ferne Rauschen des Windes, das genauso gut von einem heranrasenden Zug stammen konnte. Es ließ ganz eindeutig keinen Platz für Zweifel, wie dieses unangenehme Drücken im Magen, bei dem man wusste, dass man sich in wenigen Sekunden übergeben musste. Es bahnte sich seinen Weg durch das Labyrinth aus Fakten; und es war egal, ob es sich um einen richtigen oder um einen falschen Weg handelte, denn das waren nur bedeutungslose Worte.

Ein merkwürdiger Gedanke setzte sich in Lynne fest. Auf dem Weg in das nächstgelegene Krankenhaus, als die Sirene in ihren Ohren hämmerte und die Warnlichter abwechselnd blinkten, würde sie ihn formen. Während der Operation, als sie ungeduldig auf eine Nachricht wartete, würde sie ihn nähren. Auf dem Stuhl neben Basils Krankenbett würde sie ihn keimen lassen. Etwa zwanzig Stunden später, wenn Basil endlich aufwachte und ihr seine Liebe gestand, als sie ihr gerötetes Gesicht in seinen Oberkörper drückte, und er ihre warmen Freudentränen spürte, ihr die dabei entstehenden zusätzlichen Schmerzen verzieh, einfach nur unendlich (›Unendlich!‹) glücklich war, würde sie ihn komplett vergessen. Fünf ganze Tage danach, wenn sie mit Lance und Colin vor den Ruinen des Shore-Anwesens stand, würde sie ihn aber erneut finden. Und schließlich bemerken, dass er gewachsen war. Wie ein Pflänzchen, das man unabsichtlich aus dem Gedächtnis gelöscht hatte, und das man in einem plötzlichen Anfall von Schuld aufsuchte, nur um erstaunt zu bemerken, dass das Pflänzchen niemanden gebraucht hatte, sondern trotz aller Widrigkeiten überlebt hatte. Ein merkwürdiger Gedanke, der fortan ihr Leben bestimmen würde.

Zorn.

Zorn gegenüber dem Feind, für all das, was er diesem Städtchen angetan hatte. Was er sowohl Basil als auch den beiden sonderbaren Brüdern angetan hatte. Was er ihr selbst angetan hatte.

Von den siebenhundertundsiebenundsiebzig Bewohnern hatten nur fünfhundertundeinundreißig überlebt. Alle anderen waren in den letzten sieben Tagen gestorben.

»Als wäre nichts geschehen«, würde Colin murmeln, vor den Überresten des Shore-Anwesens, das am Ende des siebten Tages einfach in sich zusammengefallen war, um zu vertuschen, was sich in seinem Inneren zugetragen hatte. Seinen älteren Bruder würde er versuchen zu überreden, das Haus trotz seiner Phobien ausnahmsweise zu verlassen, denn immerhin lag das Anwesen abgeschieden, und dieser würde akzeptieren.

»Es ist doch so«, würde Lance erklären, »dass wir Menschen uns von den Sünden gerne verführen lassen. Aber in Wahrheit sind nicht die Sünden das Problem, sondern die Tugenden, würde ich meinen. Sünden werden uns immer heimsuchen, aber das ist nur menschlich. Wenn ein Mensch eine Sünde begeht, dann sollten wir dieser Person verzeihen. Müssen wir sogar, für uns selbst. Das ist natürlich alles andere als einfach. Schwieriger jedoch ist es, eine Tugend vollkommen zu leben. Wie schnell ein bestimmter Moment vorübergeht, ohne dass wir Mut zeigen, ohne dass wir ein aufmunterndes Wort sprechen, ohne dass wir Hilfe anbieten. Wenn wir die Tugenden so häufig nutzen würden wie die Sünden *uns* benutzen, dann wäre diese Welt etwas weniger grausam. Nun, du, Lynne, und Basil auch, ihr habt nicht versagt. Dank eurer Warnungen sind viele Menschen am siebten Tag im Kreis ihrer Liebsten geblieben und haben sich auf Ruhe besonnen. Ich bin mir sicher, dass ganz besonders willensstarke Menschen – was nichts mit Kraft oder Intelligenz zu tun hat – einen Weg gefunden haben, gegen den ungeheuren Drang anzukämpfen, eine Sünde zu begehen. So wie es Basil getan hat, um dich zu retten. Aber ich habe versagt, oder? Es ist schwierig, dieses Arschloch zu finden und zur Rechenschaft zu ziehen. Es wird Monate dauern, herauszufinden, wie er dieses Werk vollrichtet hat, sofern in diesem Schutthaufen noch irgendetwas zu finden ist. Vielleicht kann ich diesen Riesen mit der kognitiven Beeinträchtigung finden und ihm einige Geheimnisse entlocken. Es war schlau, jemanden wie ihn für solche Zwecke zu nutzen, denn wer würde so einem Menschen glauben? Und diese beiden Windjackenträger waren Alkoholiker, zumindest habe ich das ihren Akten entnehmen können. Noch nicht einmal ein Nachspiel wird es geben. Von den Medien kann man sich nichts erwarten. Sie werden diese ganzen Todesfälle als unglücklichen Zufall abstempeln. Sagen, dass die Mörder sozial auffällig waren, und einige Lügen zur Beruhigung streuen. Kein einziger loser Faden. Es war alles geplant. Er hat gut gespielt. Unser sogenannte Bösewicht ... hat tatsächlich gewonnen, denke ich. Nicht wahr? Auch wenn nicht alle Einwohner gestorben sind, habe ich im Grunde kläglich versagt. So viele Tote.«

»Aber wir haben überlebt«, würde Lynne sagen.

Lynne würde noch oftmals an diesen Tag zurückdenken, wenn sie neben Basil einschlief.

»Wir haben überlebt.«

Und das war doch, was zählte, oder?

sich Veränderung zu wünschen ist eine Sache
aber damit umgehen zu können eine andere
es ist endlich geschafft
oder stehe ich am Anfang gar

Ich bin auf dem Weg.   *Hikaru*

ZAN
you do not know me
and we may never meet
but thank you for being a friend
and giving me closure as well as clarity
when noone was

and the journey led me to
HOW TO STOP WORRYING
AND START LIVING
the most important how-to-book I read so far

and on the same road I found
TU ES EINFACH
UND GLAUB DARAN
a quite wonderful book too
whose author taught me how to bring light
even though I am a creature of darkness

and so to say
thank you
to all the
PEOPLE THAT CONTINUE